二見文庫

内閣〈色仕掛け《ハニートラップ》〉担当局

桜井真琴

目次

内閣〈色仕掛け《ハニートラップ》〉担当局

プロローグ

『ああんっ……ああっ……あああっ……』

　女の甘い声が、室内の空気に緊迫感をもたらしていた。

「情事のときは、さすがの桜川《さくらがわ》くんでも、色っぽい声を出すんですねえ」

　机に座って、ニタニタと薄気味悪い笑みを浮かべるのは、内閣情報室、いわゆる内情の係長、本間《ほんま》だ。

　女の情事のときの喘ぎ声が、机の上に置かれたボイスレコーダーから、次々と流れてくる。

「こ、これは……」

　シックなグレーのタイトミニスーツに身を包み、襟元にスカーフでアクセントをつけた桜川礼香《れいか》は、カッと目を見開き、ぶるぶると震えていた。

間違いない……。

私の声だ……。

『あっ……はあんっ……もっと、もっとして、はあ……』

礼香はレコーダーから聞こえてきた自分の喘ぎ声に顔を赤らめ、タイトミニからのぞかせた太ももをもじつかせる。

「凜《りん》とした正義感あふれる内閣府の美人広報官が、こんな風に男に甘えるなんてねえ……ククッ」

本間は好色な顔つきで、礼香の身体を舐めまわすように見つめている。今、礼香を見る本間の目は、いつも以上にワイセツだった。

『……礼香ちゃん、気持ちいい？』

『あふん……ああんっ、いいわ、いいっ……佐藤《さとう》さんっ、はああんっ』

レコーダーから聞こえてきた男の声に耳を疑った。

男の声は朝実新聞の記者、佐藤だ。

「こんな、こんなバカなこと……なにかの間違いですっ」

礼香がレコーダーに手を伸ばす。

すると先に本間がレコーダーを奪い、ニヤリと笑う。

「間違いって……現にキミの声じゃないか。調べたが、どうやら相手の男は佐藤とかいう新聞記者らしいねえ。政府の要人とメディアの人間がこうした親密な関係というのは、まずいんじゃないかね。それにきみは人妻だ。不倫じゃないか」

「そんな関係ではありません」

礼香はきっぱり否定するも、

『……あっ……あっ……』

本間の持つレコーダーからは、礼香の恥ずかしい声が流れ続けていた。

「も、もういいでしょう。再生を止めてください！」

礼香が切れ長の目を細めて睨むと、本間はようやくレコーダーの停止ボタンを押した。

「朝実新聞の記者と、深い関係があった。それはお認めになると」

「違います」

艶やかな唇を開いて、礼香は続ける。

「面識はあります。だけどこんな、録音のような、男と女の関係ではありません」

「でも、音声は桜川くんと新聞記者のもので、間違いないんでしょう？」

「……ハメられたんです」

礼香は拳をギュッと握った。

逡巡するも、思い切って言葉を続ける。

「おそらくなにか……クスリかなにかを使われたと……」

「ほうほう。なるほどぉ」

本間はわざとらしく、何度も頷いた。

「ふーむ、桜川くんはこの記者に一方的にハメられたと。うーん、でもねぇ。どうもそんな風には聞こえませんがねえ。お互い愛し合っているようにしか思えない」

その言葉に、礼香は長い睫毛を瞬《またた》かせて、深いため息をつく。

(やっぱりあのとき……くうっ)

心の中で悪態をつく。

佐藤と飲んだときのことだ。

彼は礼香の起こしたある騒動の際、親身になって協力すると言ってくれたのだ。

もともと顔見知りということもあり、油断したのが間違いだった。

それほど飲んだつもりもないのに泥酔し、途中からすっぽりと記憶がなくなってしまった。

気がついたら、服も脱がずに自分の寝室のベッドの上にいた。

夫に訊くと、相当酔っていて、何も言わずに寝てしまったらしいのだ。

不自然な点はいくつもあったが、まあ帰ってこられたからいいかと思っていたのだが……。

だが、そのときに身体に違和感を覚えていた。

まるで記憶がないのだが、起きたときから下腹部が軽く痛みを持ち、そして恥ずかしいことに……女性器が濡れていた。

夫との関係は悪くないが、子どもが生まれてからは長い間セックスレス状態であるので、寝ている間に何かされたということはない。

不安になり、佐藤に訊いてみたが、彼は何もなかったと言い張った。

そのときからうっすらと佐藤には不信感を抱いていたのだが、そのときの音声がこうして、内諜に届けられたとすると……。

(油断した……あの男……おぞましいっ……あんな男に私の身体を……)

礼香は奥歯を噛みしめた。

そうしなければ、あまりのショックで倒れてしまいそうだったからだ。

「この音声は、他のマスコミ各社にも送られたそうですよ。今、話題の美人広報官が、記者と不倫なんてねえ。明日から、あなたとあなたのご家族は、状況がずいぶん変わるでしょうねえ。今のマスコミは節操がないですから、ずかずかとプライベートに入ってくるでしょうし……」

礼香はハッとした。

いつの間にか本間が立ちあがって、肩に手を置いてきた。

身体を引こうとするが、本間に腕をつかまれて引き寄せられた。

「な、何をするんですっ！」

礼香はもがくが、本間は腕の力を弱めない。

「桜川くん、私の力を使えば、揉み消すこともできるんだがねえ」

「え……」

本間の荒々しい息が首筋にかかり、背筋がぞっとした。

「各紙の政治部の上とはツーカーなのは、キミも知っているだろう？」

本間の手が、ジャケットの下に着たブラウス越しに、乳房を揉んできた。

「くうっ……」

（まずった……なるほど、そういうことね……）

そういうつもりで呼んだのであれば、こっちもレコーダーなどを用意すればよかった。

(迂闊だったわ……うっかり術中に嵌《は》まっちゃった……佐藤さんも、この本間も、官邸側の息のかかった人間……なるほど、こうやって黙らせるワケね)

桜川礼香は、三十二歳の人妻で五歳の子どもがいる。

総務省でキャリアをつみ、去年、異例の若さで内閣広報官に抜擢された。おそらく若い女性がよかったのだろう。最近の政府は、女性の活躍の場を広げることにいそしんでいる。

肩までのミドルレングスの艶髪に、切れ長で涼しげな目元。端正な顔立ちで、冷たい印象も持たれるが、笑うと親しみやすさがにじみ出てきて、相手をホッとさせるところがある。

体つきはスレンダーだが、ブラウスの胸元は大きく隆起し、隠しきれない乳房のふくらみを見せつける。

スカートに包まれたヒップの丸みは、人妻らしく豊満で、尻肉の量感をたっぷりたたえつつも、ウエストもくびれており、まるで男の願望通りに造形したようなグラマーな肉体の持ち主なのだ。

統務省時代も、美人でスタイルのいいセクシーな官僚と、陰で言われていたのも知っている。欲望の塊のような政治家たちのセクハラも、涼しげにかわす度量もあった。

そんな器量が見込まれて、内閣広報官に抜擢されたのだが、礼香がにわかに脚光を浴びたのは一カ月前のこと。

外部省の会議録が書き換えられたとスクープがあり、官邸報道室からは「そんなものはない」と否定するように指示された。

だが。

礼香は官邸に逆らい「ある」と答えた。

それからが大変だった。

メディアは連日与党の親政党批判を繰り返し、政府は情報の火消しに躍起になっていた。支持率は下がり続け、今もまだ低空飛行だ。

礼香は官邸に逆らった美人官僚と持て囃《はや》され、一躍時の人になった。

それが影響したのか、官邸はなかなか礼香を切れずにいた。切れば、さらにマスコミにいろいろ書かれるのを恐れたからだ。

そんな礼香に接触してきたのが、顔なじみの朝実新聞の記者、佐藤だった。

佐藤は「いずれ官邸に報復される。ならば、先にすべてを暴露して、報復される前に退陣に追い込めばいい」と熱く語ってきた。

朝実新聞と言えば、政府批判の急先鋒だ。

だから油断してしまったのだった。

(朝実も裏では親政党とつるんでたって……そんなことくらい、わかっていたのに私ってば……鈍ってたわ)

スーツの内側で、じっとりといやな汗がにじみ出ている。

「ううう、い、いやっ」

礼香は離れようとするも、本間が空いた方の手で腰をつかんできて、逃げられないようにしつつ、やわやわとブラウス越しのFカップバストを揉みしだいてくる。

男の指は乳房の量感や張りを楽しむかのようにいやらしく動き、ふくらみを、たぷたぷと震わせてくる。

「おおっ、すばらしい重量感ですねえ。見た目もすごいが、揉みごたえもいい」

「勝手なことを……さ、触らないでっ」

礼香は本間の腕をつかんで、そのままひねりあげようとした。

護身用にと、結構本格的に格闘術を学んでいたのだ。

だが、

(こんなおっさん、このまま腕をひねれば簡単にやっつけられるけど……そんなことをしたら……)

話がこじれてしまうと思い、つい礼香は力を緩める。

すると本間はニタリと笑みを漏らし、胸のふくらみをつかんでいた手を、今度はタイトスカート越しのヒップに持ってくる。

「ちょっと！　ああっ……や、やめてっ」

大きな手でヒップを撫でまわされ、礼香は思わず本間の手を引っ掻いた。

「ぐわっ！」

本間は呻くと、その手で礼香を突き飛ばしてくる。

「キャッ」

床に倒されても、礼香はひるまなかった。

「こんなことして……あなたもただではすまないわよ。私が簡単に言うことを聞くと思ったら大間違いよ」

礼香が睨むも、本間は意に介さないどころか、うれしそうな顔を見せる。

「ククッ……その強気なところがたまりませんよ。美人でしかも男勝りのインテリ官僚。頭のいい女性というのは、想像力豊かでスケベらしいねえ」

本間が上着を脱いで、襲いかかってきた。

(マジ？　こいつ、本気で私のこと……)

礼香は組み敷かれつつ抵抗する。

しばらく組み合っていると、突然、本間がすごんできた。

「いい加減にしたまえ。キミはもう逃げられんのだよ」

今までのヘラヘラした雰囲気とは一変したので、礼香はハッとなる。

「私は揉み消しの対価が欲しいと言ってるだけだ。実はな、キミには見せられないが動画もあるんだぞ」

「なんですって！」

「フフ、ずいぶんとスケベな動画でしたよ。マスコミには届いてないみたいだが、いつ届くのか……」

「卑怯者！　私を罠にハメたのね」

「さあ、なんのことかなあ。さて、動画なんか出たら、キミの旦那や子どもにも迷惑がかかるんじゃないかねえ」

その言葉に、礼香は抵抗をやめて唇を噛んだ。

本間の言うとおりだった。

自分のために、夫や子どもが犠牲になるのはつらすぎる。

(あなた……友《とも》くん)

胸の内で夫や、五歳の息子の顔を思うと、口惜しいが本間に抵抗する気力がなくなってくる。

「フフフ、わかっていただけたようですな。どれ……」

本間の手によって、ブラウスのボタンが外されていく。

さらに本間は慣れた手つきで礼香の背中に両の手をまわし、白いブラジャーのホックを外す。

ブラカップが緩み、乳房が露わにされた。

「く……」

礼香は顔をそむけて、唇を噛みしめる。

「ほおお、素晴らしいな。想像以上の美乳ですねえ。三十二歳の人妻とは思えぬおっぱいの張りだ」

本間が下卑た笑いをする。

たしかに礼香の乳房は、子どもの授乳が終わっても、しぼむことなくFカップのボリュームを誇示していた。

さらに仰向けのままでも崩れない張りと、弾力もある。乳輪はさすがに少しくすんだ薄ピンク色をしているが、黒ずんではいない。

本間の手が、礼香の乳房をつかむ。

量感を楽しむように、何度か揺らしてから、ゆっくりと揉みはじめる。

(ううっ、いやらしい触り方しないでっ……)

汗ばんだ手が、柔らかいバストに食い込んでくるたびに、おぞましい感覚に身体が震える。

「くうう……」

反応などしたくないのに、礼香は屈辱の呻きを漏らす。

「フフフ……見た目も素晴らしいが、揉み心地も申し分ない」

本間に寸評され、礼香はカアッと身体を熱くする。

「余計なことは言わずに、好きにすればいいでしょう?」

「いやいや、素晴らしい肉体なので、ついつい褒めたくなったんですよ。旦那さんがうらやましいですねえ。おやおや、感じてきたかな」

ククッと笑みを漏らし、左右の乳房を揉みしだきながら、本間が煽り立ててくる。

「へんなこと言わないで。感じるワケなんか」

「フフ、感じないなんて言ってるわりには……」

本間の指が、ふいに乳房のふくらみの頂点、薄ピンクの乳首をつまみあげた。

「んうっ……！」

いきなりの強い刺激に、礼香の腰がビクッと震える。

「い、いやンっ」

思わず声をあげてしまったことに、礼香は恥じらった。

「ほうら、こんなにおっぱいの先を尖らせて。しかも、そんな可愛らしい声もあげられるなんてねえ」

強く乳首をつままれたあと、唾液の湿った舌で舐め転がされる。

「い……いやっ」

乳首を舐められる汚辱とは裏腹に、身体が熱くなっていくのを感じる。

（こ、このおっさん……慣れてる……）

変化をつけた老獪な愛撫に、成熟した女体がいやでも火照りを増していく。ガマンしようとしているのに、腰が動くのをとめられない。

「ククッ、身体が物欲しそうに動いてますねえ。素晴らしい肉体なのに、旦那に可愛がられていないのかなあ？」

本間が煽りつつ、スカートの中に手を忍ばせてきた。

ストッキング越しの柔らかな太ももを、いやらしい指使いでなぞられる。

「や、やめて……」

思わず弱気な声が出てしまう。

太もものあわいに侵入してきた手を、左右の太ももで強く挟み込むものの、男の指の力にはかなわない。

太ももを押し広げられ、パンストとパンティの上から女の窪みをなぞり立ててくる。

「あっ……んんっ……」

声とも喘ぎともとれない音が、唇から漏れる。

礼香の眉間にシワがさらに深く刻まれて、首筋や腋窩《えきか》に汗がにじみ出してくるのがわかった。

「ククッ……こらえなくてもいいんですよ」

男の手が、パンティとパンストを剝きにかかる。

（ああ……あなた……）

いよいよ、と思うと身体が強張る。

しかし本間はあっという間に、礼香の下着を剝ぎ取ると、指に唾をつけて秘唇の合わせ目をなぞりあげてきた。

「んンっ……」

顔をそむけて奥歯を嚙みしめるも、敏感な部分を直接指先でこすられると、身体の奥が熱くなっていき、自然と背をのけぞらせてしまう。

（くうう、ど、どうして……）

本間が女の扱いに慣れているのもあったが、なによりも夫とのセックスレスであった女体が、久しぶりの男の愛撫に反応したのだろう。

「いい反応じゃないですか……おやあ？」

本間はニタニタと笑うと、礼香の足を大きく広げさせて、股間に顔を近づけてくる。

「濡れているじゃないですか。これなら唾をつけなくてもよかったな。しかし、可愛らしいおま×こですねえ」

ふうっと息を吹きかけられると、おぞましさにヒップが揺れた。

「み、見ないでっ」

礼香はかぶりを振った。

(ああ、なんてことなの……こんな卑劣な男に肌をまさぐられて、濡らしてしまうなんて……)

恥ずかしくて口惜しくても、身体の奥から妖しい疼きがじくじくとこみあげてくるのは間違いない。

こんな経験は初めてだった。

花弁の奥から熱い花蜜があふれて、本間の指によって秘部全体に塗り込まれていく。

「おやおや。素晴らしい濡れっぷりだ。やはりあなたには素質がある」

本間の言葉に、礼香は顔をしかめた。

(素質？　素質って何？)

わからぬままに、本間に指を膣内に入れられると、身体が強張った。

(ああ、もう……)

とにかくこらえるのだ。

身体は奪われても、心までは奪われない。

好きにすればいいと覚悟を決めたときだった。

本間がズボンとブリーフを下ろし、礼香の身体を起こさせた。

目の前に黒光りして、ヌラヌラしている肉棒があった。

「いやっ！」

顔をそむけるも、本間に頭をつかまれて、強引に顔を向けさせられてしまう。

「何をされても反応しないで、やりすごそうとしてるんでしょう？　そんな場末の風俗嬢みたいなこと、キミには似合いません。これは、合意のもとでやってるんです。そうでしょう？」

ここまできて、本間は辱めてくる。

しかし、礼香には逃げ場がなかった。

「そ、そう……です」

「それなら、舐めてもらいましょうか、私のモノを」

礼香はハッとした。

（……舐める？）

フェラチオは夫に何度かしてあげたことはある。だが、それは相手が愛する人の場合だけだ。

（こんな卑劣な男のモノなんか……）

「早くしてくださいよ。いまさら、カマトトぶってもしょうがないでしょう」

後頭部を強引に持たれ、本間の股間に顔を押しつけられた。

「むっ……！」

唇に芋虫のようなペニスが当たる。

あまりの汚辱に礼香は本間を突き飛ばした。

「な、何をするっ……キミの旦那や子どもが……」

「あなたにフェラチオするよりマシよ。いい加減、堪忍袋の緒が切れたわ」

頭にカアッと血がのぼる。

家族に迷惑がかかるのを承知でも、どうしてもこの卑劣な男に対して、プライドが許さなかった。

礼香は本間の右腕を取ると、素早く背中にひねりあげた。

「あたたたた、おい、家族がどうなっても……」

「あなたみたいな男のモノなんか、絶対におしゃぶりしないわ」

さらにひねると、本間の悲鳴が一オクターブあがった。

そのときだった。

本間の部屋のドアがノックされて、男が入ってきた。

男はハゲた頭をピタピタと叩きながら、

「いやあ、やはり素晴らしい。ぜひとも、ウチの部署に入っていただきたいもんですなあ」

と、わけのわからぬことを言うのだった。

第一章　異動先は「ハメ担」

1

「いい天気になってよかったね」

椅子を運び込みながら、夫の博《ひろし》がにこやかに話しかけてくる。

「そうね、ホントに引っ越し日和だわ」

礼香は、段ボールを開けながら答えた。

東京の郊外にある閑静な住宅地。今、新居には引っ越し業者が運んでくれた段ボールが天井まで積まれていて、ここからは少しずつ荷ほどきの作業だ。

都心のマンションから、郊外の新築一軒家に引っ越したのは、もともと家を買う予定もあったのだが、マスコミ対策が大きい。

一時期よりは減ったものの、いまだ押しかけてくるゴシップ誌のライターがいる。

『官邸に逆らった美人官僚の素顔』

『美人官僚は一児の子持ち人妻』

――などという妙なタイトルをつけられては、盗み撮りされるのだ。

自分だけならまだいいが、やはり夫や子どもに迷惑はかけられない。

だから、思い切って郊外に移ったのだった。

「昼からだっけ、出社は」

「ええ」

礼香はわずかに顔を曇らせる。

夫には新しい職場のことを詳しくは話していなかった。いや、あんな仕事を話せるわけがない。

それに……。

もちろん、朝実新聞の記者にイタズラされたことも、夫には黙っていた。心苦しかったが幸せな新生活に亀裂を入れたくなかった。

「大変だよなあ、内閣情報室だっけ？　まあ前みたいに、礼香が表に出ないだけいいけど」

「そうね、広報より気が楽かも」

「それはよかった。でもまあ無理しないでくれよ。もちろん、国の中心にいる仕事なんだから、頑張って欲しいけど」

夫がぽんぽんと頭を撫でてくる。

子どもが生まれてからセックスレスではあるものの、決して夫のことを嫌っているわけではない。

むしろ、ポジティブな夫と一緒にいることで気が休まるのもたしかだ。普段は気を張って仕事をしている礼香も、夫の前では甘えることができる。

「いやあ……ここから新生活かあ、僕も頑張って働かないとなあ」

リビングルームをぐるりとまわって、夫が伸びをしながら言う。

その言い方が面白くて、思わず「クスッ」と笑ってしまう。

「なんで笑うんだろ」

「だって面白いんだもの」

そんなやりとりをしているとき、二階からわが子が降りてきた。

「お腹すいたあ」

五歳の友久《ともひさ》は育ちざかりで、口を開けば「お腹減った」だ。

「はいはい、今つくるから」

礼香は立ちあがり、キッチンに向かう。

「今日は何？」

背後から夫が訊く。

「何にしようかしら、オムライス？」

「おー、聞いたか、友。ママ、オムライスつくってくれるって」

「やったあ」

キッチンで手を洗いながら、礼香はまた「クスッ」と笑った。

オムライスはどちらかというと、夫の方が好きなのだ。


神田駅を降りて、礼香は地図を頼りに新しい仕事場を探した。

『内閣緊急事態情報調査室』。

なんだか舌を嚙みそうな長い名前だが、存在を知る者には『ハメ担』と呼ばれているらしい。なんという下品な愛称か。

あのとき……。

本間の部屋に入ってきた男は倉持《くらもち》と名乗り、

「わが部署にぜひ」

と、わけのわからぬことを言いはじめた。

「すんませんなあ、ためすようなことをして。いや、素晴らしい。頭脳明晰、容姿端麗、その上、武道の経験もお持ちと。まさにピッタリの人材ですねえ」

「なにがぴったりなのかしら。あなたは誰なの？」

礼香はスカートを直し、ブラウスの前をかき合わせながら言った。

「単刀直入に言います。あなたには政府のスパイになってもらいたい」

「スパイ？」

いきなり突拍子もない単語が出てきて、礼香は眉を曇らせる。

「そうです。あなたには、現政権を裏で支えてもらいたいんや」

「スパイって、まあ内諜もスパイみたいなもんだけど。そこの一員になれってことかしら」

「いえ。内諜はただの情報収集係。そんなことは、民間のシンクタンクでもやってます」

「じゃあ、スパイっていうのは……」

「女性工作員が、男性を籠絡して機密情報を得るという、よくあるあれです」

倉持がまた頭をぴたぴた叩きながら言う。おかしなクセだ。礼香は呆れてため息をついた。

「つまり、私にハニートラップをやれって……」

「まあ下世話に言うなら」

「下世話もなにも……政府がそんなことをやってるの？　私、聞いたこともないわよ」

「昔からやってはりますよ。『内閣緊急事態情報調査室』って言いましてね。『ハメ担』って呼ばれているんですが」

「はめたん？」

「男をハメる担当部署、通称『ハメ担』です。まあ、若手議員や官僚も知らないでしょうねえ。ぼろぼろの雑居ビルをアジトにしてる昭和の遺物ですから。でも一応は機能してますんで」

男は業務連絡のようにスラスラと話してくる。

「……私が、そんな犯罪に加担すると思ってるの？」

「うーん。やってもらわないと、さっき本間くんが言ってた動画が表に出ることになるんですが」

「結局、脅すわけね」

「いやまあ、そうなりますなあ」

礼香はキッと男を睨みつけた。

だが、もうその時点で、自分は家族を守るために、逃げられないと悟ったのだった。

(ここ?)

礼香は立ちどまって、目の前の雑居ビルを見あげた。

ハメ担の事務所は、神田の路地裏にある五階建ての古いビルの一室らしい。

(まさにスパイのアジトって感じだけど、ホントにここ?)

ドアを開ける。

特にセキュリティもなく、ごく普通のこぢんまりしたビルだ。

礼香はカツカツと、白いピンヒールの靴で床を叩く。

シックなグレーのタイトミニスーツに身を包み、襟元にスカーフでアクセントをつけた礼香の格好は、どうも古い雑居ビルと不釣り合いだった。

エレベーターで二階にあがり、二〇三号室の前で、礼香はため息をついた。暗い部屋の中で、スパイ活動をする男たちが情報を集めているのだろう。女たちは、ハニトラの指令があるまで、その部屋で待機とか……。

(ああ、いやだわ……)

それでもやらなければとドアを開けようとして、ちょうど向こうから開いた。

顔を出したのは、派手な化粧をしたギャルだった。

礼香は思い切り面食らった。

「あ、あの……」

「ああ、新人の……礼香ちゃん」

ギャルが自分の名を呼んで、ニコニコした。

「ささ、入って入って。ねえ、新人さんきたよー」

キャバクラか何か？

と思ったら、中は普通の会社のようにデスクが並んでいた。

いたのは倉持と若い男、キレイな女性ふたりだ。このギャルも入れたら、男ふたりに女三人、自分を入れて六人か。

(なあに、ここ……？)

なんだか普通のオフィスみたいで、拍子抜けだ。

「狭苦しいところだけど、どうぞー」

ギャルが空いている椅子を勧めてくる。人なつこいが、このギャルが一番この場にそぐわない。浮いている。

礼香が椅子に座ると、隣にギャルも座った。

プリーツの入ったミニスカートから、すらりとした脚が伸びている。

上は露出の高いキャミソールで、張りのあるおっぱいの形が浮き出ていた。

金髪セミロングに、まん丸の黒目がちな双眸。そしてアヒル口。

テレビに出てくるタレントのように可愛らしくて、なのに色気がムンムンとしている。

ギャルはマジマジと礼香の顔を見て、あははと笑う。

「やーん、ホントに美人。ウチの事務所にいたら、絶対にナンバーワンとれてたのにぃ。あ、私は祥子《しょうこ》ね。吉村《よしむら》祥子。よろしくね」

「え、ああ……桜川礼香よ、よろしくね」

ひと目見て、男好きする身体だというのがわかる。

（ハニトラ要員にはぴったりね……）

と思うと、タイトミニを穿いた秘書風の美人もやってきた。

こちらは背が高く、すらっとしたモデル体型だ。ロングの黒髪と、ぱっちりしたアーモンドアイが魅力的である。

「うわあ、本物だ。私、あの記者会見見てたんです。かっこよかったなあ。日向《ひなた》美穂《みほ》って言います。以前グラビアアイドルしてたんですよ」

「はあ……そ、そうなのね」

美穂は自慢したかったらしいが、礼香はあまりテレビ見ないから、どの程度有名だったのかわからない。

「ねえ、礼香さん。『あねき』って呼んでいいですか？」

美穂が突然言い出した。

「え？　あ、まあ、どうぞ」

言い方からして、元は不良だったのだろうか。

すると横から、祥子が口を挟んできた。

「なにがあねきよ。クスリで捕まったことは言わないでいいの？」

「なによ、国会議員とエッチして週刊誌に載ったAV女優なんかに言われたくなんかないわよ」

と、ふたりの口げんかで納得した。

（ああ……なるほど、そういうことね……）

要は社会からハミ出した女性が、ハニトラ要員としてスカウトされるようだった。

「よろしくお願いします。桜川広報官、じゃなくて、今は桜川さんでしたか」

また別の長身の女性が挨拶してきた。

端整な顔立ちの麗人といったところだ。

どこかで会ったことがある、と直感した。どこだろう。会った人間の顔はなかなか忘れないのだが。と思っていたら、あっ、と気づいた。

「あなた、たしかハム（公安）じゃなかった？」

長身の美女は敬礼した。

「はい、元公安警察の上条静香《かみじょうしずか》です」

「公安部からって……出向？」

「出向です。ノンキャリアの公安警察官って、実はここに出向してくる人間が多いんですよ」

「へー、多いんだ」

（まともな人もいるんだ。よかった……って、でも……）

せっかく出向なのに、ハメ担はかわいそうねえ……と言おうと思ったが、さすがに悪いので、やめた。

「あとは……今はいないけど、主任と、そこにいる倉持さんと小倉《おぐら》くんで、計七人です」

静香は奥の机を指さした。

「ちーっす。小倉です」

茶髪の軽そうな男が、ウインクしてきた。

なんなのだ、ここは。

とてもスパイ活動をする部署には思えなくて、礼香はとまどった。

と、そこに男が入ってきた。眼鏡をかけた細身の男だ。

「ああ、主任」

みなが男に挨拶した。

礼香は目を疑う。

「仁科《にしな》くん！」

「あ、礼香さん。お久しぶりです」

眼鏡のやさ男が目を細める。

仁科誠《まこと》は、大学のゼミの後輩である。自衛官になったと聞いていたが、あまり連絡をくれなくなったので、どうしたのかと思ったら、まさかこんなところで出会うとは……。

2

「びっくりしましたよ。官邸に逆らっちゃうんだもん」

仁科が愉快そうに言った。

ふたりきりで話したいと、連れてこられた小部屋である。

丸椅子がふたつと、なぜか簡素なパイプベッドがあり、やけに消毒液の匂いがする奇妙な部屋だった。礼香は小学校の保健室を思い出していた。

「隠蔽なんて、ごめんだわ」

「そう思っても、普通の官僚はやりませんよ」

「私が異端なのかしら」

「異端でしょう。外部省会議録の書き換え指示なんて、どこの官僚が《ある》なんて言いますか。ひっくり返りそうになりましたよ」

仁科がため息をついた。

礼香が言い返す。

「正直に言うことが、悪いことなの？」

「いやあ、政治の世界は悪と善にわけられないですよ。それにどうせマスコミは上では官邸とつながってるんですから、適当なところまでしか報道しませんし」

仁科が続ける。

「僕らの仕事は政治家の手助けですからねえ。白も黒と言われれば、黒と言うのが仕事ですから」

「私はいやよ、そんなの。それで、その手助けがハニトラってわけ？　汚い組織じゃないの」

仁科は顔を曇らせた。

「いやまあ、そうなんですけどね……いずれわかってもらえるかなあ。こういう手段も必要なんですよ。だから大畑《おおはた》前首相は素晴らしい長期政権をつくれたんです」

「ただ長くやっただけじゃないの」

「いーえ。大畑前首相の政策は見事でした。失業率を見事にダウンさせたから」

やけに自信たっぷりだ。

「まあいいわ。私は脅されてるんだから、どうせヤラないといけないんだし」

「すみません。言い訳しますけど、佐藤という記者にスパイさせたのは間違いないんですが、あの、イタズラして脅すってやり方は佐藤の独断なんです」

「信じられない」

礼香は吐き捨てるように言った。

「ですよね。ホントは礼香さんを浮気させるって話だったんですけど」

「浮気……？　私がするわけないでしょう」

「でも、旦那さんと、かなりの間セックスレスですよね」

「なっ……！」

礼香は目を見開いた。顔が火照るのを自覚する。

「そ、そんなわけ……」

「いえ、調べてわかってますので」

盗聴器でも家に仕込まれてるのだろうか。

「でも……なんで私なのよ？　さっきの部屋にいた、あの彼女たちみたいに華やかな子にやらせればいいじゃない」

「それがですねえ。最近はターゲットの男もずいぶんとスパイを警戒するようになって……。その点、礼香さんなら顔見知りだから相手も油断する」

「……知り合いを罠にかけろと言うの？」

「ええ」

「……呆れたわ。ホント汚い」

「すみません、でもまあ、これが日本のためになると……」

「日本じゃなくて、与党のためになるんでしょ？　もう結構。それで、私は誰を罠にかければいいの？」

どうやっても話が噛み合わないと思い、礼香は腕組みして話を進めた。するとだ。

仁科は丸椅子を動かしてきて礼香の前に来る。

膝と膝が届くような距離だ。

なにをするのかと思ったら、いきなり仁科の手がタイトスカートの上に置いていた手を取った。

「な、なに……？」

引っ込めようとするも、仁科がしっかりと手を握っている。

顔を見れば、なんだか妙に恥ずかしそうにしている。

「あ、あの………仕込みの話って、聞いてませんでしたか？」

「え？　仕込み……って、まさか……」

礼香は思わず背後のベッドを、チラッと見てしまった。

倉持から、男を誘惑するためのいわば性的なレッスン的なものがあるとは聞かされていた。

《一度抱いたら、相手が忘れられなくなるような、素晴らしい仕込みですよ》

倉持はそう言って、いやらしく笑っていた。

仕込まれる……。

性的なレッスン……。

そんなものいやだと思っていたが……。

「まさか……えっ、あなたがするんじゃないでしょうね。うそでしょう？」

礼香は狼狽《うろた》えた。

家族を守るためなら、この身体を犠牲にしたってかまわない。

その覚悟ぐらいはできていた。

しかしまさか、その「仕込まれる」相手が、大学時代から知っている後輩というのは想像すらできなかった。

礼香が呆然としていると、仁科は苦笑いした。

「……いやですよね、僕となんて……別の人間に代わってもらいます」

仁科が立ちあがった。

「ま、待って」

礼香は咄嗟に呼びとめていた。

頭の中で考えていた。

見ず知らずの男にヘンタイじみた調教をされるよりは、顔見知りだが、人畜無害そうな後輩の方がいいと。

「あ、あなたでいいわ」

真っ赤になって言うと、仁科は「え？」と驚いた顔を見せた。

そして恥ずかしそうにしながら、口を開く。

「あの……最初に言っておきますよ、単刀直入に。礼香さんに教えるのはセックスのテクニックです」

「改めて言わなくてもいいわ。わかってるわよ。子どもじゃないんだから」

「いえ、そうじゃなくて……僕も仕事柄、手を抜かないので……最初に謝っときます。礼香さんを何度かイかせたりしますけど、それは仕事なので」

「はあ？」

後輩の信じられない言葉に、礼香は眉を曇らせた。

なよなよしたやさ男で、草食系のオタクの雰囲気だ。性豪にはまるで見えない後輩に、メロメロにされるなんてありえない。

「イッちゃうって……あなたに？　いいわ、やってみせてよ」

こんなところで負けず嫌いを出してもしょうがないのに、ついつい売り言葉に買い言葉で、礼香はベッドにあがり、上着を脱いだ。

仁科も同じように、ベッドにあがってくる。

その目が白いブラウス越しの胸のふくらみ具合を探り、腰のくびれ、そしてタイトミニスカートから伸びるムッチリした太ももにからみついていく。

仁科が恥ずかしそうに見つめてきた。

「あ、あのですね……」

「なによ」

「その……業務上やむをえず、なんてことは言いません。礼香さんのことずっとキレイだなって思ってて、あの……夢が叶ったみたいでうれしくて」

いけないことだと思うのに、ちょっとだけ気分がよくなった。

年下の男に「キレイだ」と言われれば、三十二歳の子持ちの人妻としては、うれしいに決まってる。

（って、何を浮かれてるのよ、夫を裏切ることには変わりないのに……）

勢いでベッドにあがったものの、礼香は困った。

人妻であっても、そんなに経験人数も多くない。と、思っていると、仁科は慣れた手つきで自分のシャツを脱いだ。

細いと思ったら、意外と引きしまっていてドキッとする。

さらに仁科はさっさとズボンを脱いで、女性の前だというのにためらいなく男性器を露出させる。

（あっ……）

思わず目をそらした。

視界に入ったペニスは、見たこともないような太さで長かったからだ。

（あ、あれって、こんなに大きいものなの……？）

自然と夫のサイズと比べてしまう。

明らかに大きかったし、赤黒い肉先をしていた。

顔が熱く、火照っていく。

「あの……フェラチオは、経験ありますよね」

言われて、小さく頷いた。

先ほどまではイニシアチブを取れると思っていたのに、どうにも天を突くような勃起を前にして、礼香はしおらしくなってしまう。

「じゃあ、すみません。お願いします」

仁科がベッドに仰向けになる。

ペニスは臍にくっつかんばかりに、急角度で勃起している。

飄々とした風貌と、異様なほど大きな性器のギャップに礼香は息を呑む。

礼香は仁科の開いた脚の間に入り、四つん這いのままに股間に顔を近づけた。

(すごい、大きい……ビクビクして……)

切れ長で涼やかな目が、ぼうと潤む。

おそらく目の下は、ねっとりと赤らんでいるだろう。

「色っぽいですね、礼香さん……ああ、おっぱいも……」

仁科が顔をあげ、きらきらした目で見つめている。

視線の先は礼香の胸元だ。

（やだ……）

ハッと気づいて、胸元を手で隠す。

ブラウスの襟ぐりが大きく開いていた。胸の谷間が見えたらしいと思うと、恥ずかしさがこみあがる。

身体には気をつかっているから、今でもウエストは六十センチ未満をキープできている。本当はこのバストとヒップの大きく盛りあがった男好きする身体は、自分ではあまり好きではない。

だが、こうして年下の男に性的な目で、身体を眺められるというのは、どうにも優越感のようなものが湧きあがってくる。

（違うわ……これは仕事なの……それもイヤイヤやらされているの）

そう自分に言い聞かせ、細指をそっと亀頭にからませる。

（ギリギリつかめるくらい太いじゃないの……それに熱くて、硬い）

手のひらが火傷しそうだった。

雄の猛々しさを感じながら、やり方がわからぬままに、肉竿の表皮を五本の指でシコシコとこすりあげる。

先端から根元までを丹念にシゴくと、

「くう……礼香さん、気持ちいいです」

後輩の口から、愛らしい声が漏れる。

腰が震え、ペニスが手の中で脈動している。先から透明な汁が噴きこぼれてきて、手のひらを濡らしてくる。

(私の下手くそな愛撫で、感じてくれてるのね……)

手の摩擦で肉棒がより硬くなり、熱くなっていくのがわかる。

「あんっ……これ、いいの？　痛くないのね」

仁科の反応を見ていると、ハアハアと自分の息まで荒くなっていく。

「痛くないです。ああ、それより……手コキしながら、そんな妖しい息づかいをして……男としてはたまらないです」

「し、してないわよ。そんなこと……」

羞恥をごまかすように否定するものの、鼓動高まりが治まらない。

女であれば、久し振りに逞しいモノを見て魅せられる部分がある。それは否定できないと、握りながら身体を熱くしてしまう。

「くう……そろそろ、口でしてもらっていいですか？」

仁科が腰をくねらせながら、おねだりしてきた。

（口で……そうよね、するのよね……）

夫に対する罪悪感とともに、被虐の心が芽生えてくる。夫以外の人のものを口に含んで気持ちよくさせる……なぜか、ゾクッとした痺れが背筋に走る。

顔を近づけると、強烈なホルモン臭が漂う。

きつい男の匂いなのに、鼓動が速まって、ますます身体の疼きが大きなものになっていく
「いきなり咥えないで、まずは肉竿にキスしてください」

「えっ……う、うん」

わからぬままに、チュッ、チュッと唇を押しつける。途端にうれしそうにビクッ、ビクッと亀頭が跳ねる。

「くうっ、た、たまらないです、唇の感触が。今度は少しずつ、男に期待させるようにして舌を使ってください……いやらしくです」

仁科に見つめながら命令される。

舐めるところを見られていると思うと、カアッと身体が熱くなり、腋窩にもじっくりと汗がにじみ出す。

「わ、わかったわ……」

礼香は舌を差しだし、亀頭の部分を舐めしゃぶる。

……んちゅっ、ねろっ、ねろっ……。

「くうう……悪くないですよ、舌遣い……」

仁科が呻いた。

さらに大量のガマン汁があふれてきて、雄の匂いが強くなる。

(臭い……ツンとする……なのに、もっと嗅ぎたくなる)

スンスンと鼻を鳴らして彼の匂いを吸い込みつつ、糸を引くほどに亀頭部分をねっとりと唾まみれにする。

舌先に、ねとっとした汁がからんでくる。

味覚が痺れそうなほどの苦みなのに、なぜか嫌な味ではなくて、この味をもっと楽しみたいと、自然と舌の動きも激しくなってしまう。

「礼香さん、いいですっ。とってもエッチです。たまらないな……そろそろ咥えてもらえますか」

「……う、うん」

夫以外の男性器をおしゃぶりする。

禁忌を感じつつも、礼香は咥えたいという女の欲求も発していた。

ためらいつつも、ゆっくりと大きく口を開け、覆い被せるようにして肉茎の先をぱっくりと咥え込んだ。

「んむっ……」

顎が外れそうな逞しさに、心と肉体は反応する。

大きく口を開き、ねちゃねちゃした肉先を喉奥まで含んでいく。

口腔内にペニスの熱気と臭いが広がっていく。

(ああ……私の口、仁科くんのものでいっぱいに……)

大きすぎて呼吸すらままならない。

(うう……苦しいけど、どう?)

咥えながら、上目遣いに仁科を見れば、うっとりした様子で震えている。

「ああ、礼香さんのいやらしい目つきがたまりません……」

勃起が、口の中でピクピクした。

よほど気持ちがいいのだろう。

それを見ていると、咥えている苦しさが感じさせたいという母性的な欲求に変わる。礼香は本能的に顔を動かした。

「んっ……んっ……んぷっ……んふぅ……」

ねちゃっ、ぬちゃ……。

強く唇で肉棒を締めつけ、唾液の音を立てつつ、頭を上下に振る。

（ああ……苦いわ……）

こんな風に一方的に奉仕するなんてイヤッ、という気持ちはある。

今まで男に対してはプライドがあった。

なのに、仁科がくすぐったそうに身悶えているのを見ていると、もっと気持ちよくさせたいと思う。

咥えつつ舌をからめ、唇を窄めてジュルル、と音を立てて吸いあげる。

「ぐう……すごいっ。とろけそうです」

仁科がシーツを握って腰を震わせた。

気をよくして、さらに吸いつく。

口端から唾液が垂れてくるのもいとわない。怒張の先端に舌をからめ、唇で締めつけていると、いよいよ肉棒はふくれ、先走りの汁の量もさらに増えていく。

（おちん×ん、口の中でパンパンになって……仁科くん、射精したいの？）

舐めしゃぶりつつ見あげると、彼の眉間にシワが寄っていた。

ハアハアとつらそうに息をして、うっとりとしたとろけ顔をさらしている。

(いやだ……苦しそうだから、たくさん精液を出させてあげたくなる……もっと感じて、私の口や舌で……)

そんなふしだらな気持ちを持ちながら、

「ん……ん……んぅぅ」

礼香はくぐもった声を発し、フェラを続ける。

顔を打ち振るスピードを速くする。たくさんの精液を口の中に注いで欲しいという願望すら、頭の片隅に描いてしまう。

(ああん、絶対にいけないことなのに……)

そう思いつつ、情熱的におしゃぶりしていたところだった。

仁科が礼香の頭をつかんで離させた。

今まで口の中を支配していたものがなくなり、礼香は解放されたように、ハアハアと肩で息をする
「ああ、気持ちよかったです。礼香さんのフェラチオ。僕が教えることもないくらいですよ。美人のエリート官僚がこんな濃厚なフェラをしたら、おそらく相手の男はもうノックアウトで射精して……」

「いちいち説明しなくていいわ。じゃあ、合格なんでしょ」

いやなのに、しかし男を気持ちよくさせた達成感もある。

複雑な気持ちだ。

「フェラは合格。じゃあ次です」

仁科が組み敷いてきた。

抵抗する間もなく、ドキドキしている。

自分は相当に欲求不満だったのだろうか。それとも、性的に淡泊だと思っていたのは違ったのだろうか。

いずれにせよ、そこを見透かされているみたいで、羞恥が募ってくる。

3

「あっ……あっ……」

服を脱がされ、ブラジャーやパンティもすべて外されて、生まれたままの姿をさらして、仁科に抱かれた。

彼も全裸になっているから、抱かれていると肌と肌がこすり合わされて、男の熱い体温が伝わってくる。それだけで礼香はせつなげな声を漏らしてしまい、全身をくねらせてしまう。

「ああ、礼香さん……こんなにすごい身体だったんですね。くうう、仕事を忘れてしまいそうです」

仁科が耳元でささやきながら、首筋に舌を這わせてくる。

「あんっ……」

秘部が熱く火照り、花弁が愛液で潤っていくのがわかる。

その変化を感じとれたのか、仁科は自分の脚を礼香の脚の間に滑り込ませてきて、太ももで肉ビラをこすってくる。

「うっ……あっ……ああ……」

恥ずかしいのに甘い声が漏れてしまう。

いやなのに感じさせられているのが、口惜しくてたまらない。

肉体の昂ぶりが抑えられず、全身が汗でぬめっていやらしい匂いを醸し出してしまう。

「礼香さんも、舐めてください」

言われるままに、下から彼の乳首に舌を這わせていく。

「うっ……」

仁科がピクッとして、身体を強張らせる。

それが妙にうれしくて、礼香は後輩の乳首や首筋に、ねろ、ねろっ、と舌を這わせていく。

彼もまた、礼香のデコルテや乳房の脇にキスをし、さらによく動く舌で丹念にあらゆる部位を舐めてきた。

「んっふっ……あっ……ああんっ……」

ソフトな舐め方なのに、妙に感じてしまう。

これは脅されて仕方なく……なのに、頭がぽうっとして、仁科を自分の中に迎え入れたくなってくる。

「可愛い声が漏れてますよ」

耳元で言われ、カアッと熱くなる。

「い、言わないで……恥ずかしい……」

「ホントのことですから。敏感なんですね、礼香さんって。ご主人以外に何人くらい知ってるんですか？　すごくいいです。いっぱい感じてください」

「いやんっ、やめて……そんな、あっ……あっ……」

話しかけられるだけで、脳天まで痺れるようだった。

そうしているうちに、いよいよ彼の手がバストを捏《こ》ねてきた。じっくり揉みしだかれて、ねろねろと乳輪を舌でいじられる。

「ううっ、い、いやぁ……あぁんっ……」

ビクンっと腰が動くのが、恥ずかしくて仕方がなかった。しかもだ。

彼の舌は、決して乳首には触れずに、そのまわりを丹念に舐めてくる。

（あぁん……お願いよ、乳頭に触れて……）

焦らされているのはわかっている。

それでももどかしさが募り、はしたなく太ももをもじもじとすり合わせて、腰を淫らに押しつけてしまう。

「いい感じです。欲しがってるのが、すごくわかる。おっぱいが熱くなってきてるし、乳首もピンピンだ」

「ううっ、い、いやんっ……」

言わないで、と顔をそむけたときだ。

「あはっ……」

礼香は思わず大きくのけぞった。

ピンと突き出した薄ピンクの乳頭を、いきなりキュッとつままれたのだ。

「い、いや……」

礼香は黒髪をさわさわと打ち振って、激しく身悶える。

いやがりつつ、顔が先ほどより上気しているのが自分でもわかる。

「ああ、礼香さんのその目……目元が色っぽくて、たまりませんよ」

仁科は今までとはうってかわって、乳首に激しくむしゃぶりついてきた、
チューチューと吸い立ててくる。

「ああんっ……あっ……はアンッ……」

強弱のつけ方がうますぎる。

ようやく望まれた刺激が与えられ、礼香の頭の中で快楽がつのる。

少しずつ、性感をとろけさせられていく。

そんな姿を見られていると思うと、恥ずかしくて口惜しい。

なのにだ。

自分でも戸惑うほど、色っぽい吐息が口をついて出てしまう。

「ホントに感度がいいですねえ。ほら、こっちもしっとりして……」

乳首をいじられつつ、ワレ目を指でなぶられた。

「ひっ……」

全身に弱い電流が流されたように、身体が震えた。

さらに仁科は追い立てるように、下に身体をずらしていき、花弁へと優しくキスを続けてくる。

「あああっ！　だ、だめっ……そんなところを舐めちゃ、ん、んくっ……」

身体から力が抜けて、ジクジクと熱い疼きがとまらない。

礼香の耳に、ねちゃねちゃという蜜のあふれる音と、粘膜のこすれる音がはっきりと聞こえてくる。

「あはんっ……」

さらに舌は焦らすようにクリトリスを弾き、さらに指でも触れてきた。

「ひいっ、ああんっ……あああ……だめっ、仁科くん、これ以上は……」

あられもない声を抑えられず、礼香は眉間に悩ましいシワを刻んだまま、視線を宙にさまよわせる。

（こ、こんなに気持ちがいいなんて……）

どうなってしまうのか、わからない。

何かによって、身体が押しあげられていくようだった。

快感に全身が震え、頭の中が真っ白になっていく。

「だめっ……イクッ……！　ああんっ……イクッ！」

自分でもわからぬままに、声を弾ませていた。

恥ずかしいのに、自然と腰がガクンガクンと動いてしまい、全身から力が抜けていく。

「あは……はあ……はあ……」

「くうう……可愛かったですよ、礼香さん。女性がイクときの姿って、男にはたまらないんです。続けますからね。イキやすい身体になってください」

「続けるって……あんっ」

両脚を開かされ、仁科の野太いモノが秘部をかすっていた。

「あっ、待って……」

挿入される……さすがに礼香は顔を強張らせる。

なのに子宮はキュンキュンと疼いて、腰をくねらせてしまっている。

「欲しくないですか？　イッたけど、指や舌だけじゃ、まだ中途半端な感じなんでしょう？」

ずばり言われて、礼香は小さく頷いた。

昇りつめてもまだ、切実なほど欲してしまっているのはたしかだった。

「ほ、欲しい……欲しいわ」

「おねだりしてください」

「あん、欲しいっ、仁科くんの……おち×ちん、入れて欲しい」

思考がとろけて、浅ましい言葉をつむいでいた。

「よくできました。というか、僕ももう限界で……入れますね」

正常位で大きく脚を開かされて、膣口に肉先がおしつけられる。

「きて……アッ、アアンッ、きて……」

逞しい脈動を感じて、意識しなくとも、求める言葉が出てしまう。

(ああ、あなた……ごめんなさい……)

しかし、夫のことを思ったのは一瞬だった。

ぐぐっと膣口を押し広げられて、奥まで嵌まり込んでくると、罪悪感が消し飛んでしまう。

「ああんっ、入ってくる……おち×ちんが……いやアアン」

胎内を無理矢理に広げられていく圧迫感に、全身が戦慄《おのの》いた。

もう彼のものにされたような気分だ。男に対する服従が、至福となって全身を悦ばせている。

仁科はゆっくりと腰を使ってくる。

今までに感じたことのない嵌入感に、早くも全身が打ち震える。

このままだとまた、アクメしてしまうだろう。

礼香はめくるめく快楽に翻弄されながらも、戻れないところに来てしまったような、自棄の気持ちも味わわされていた。

4

「いや、久しぶりに会ったら、ずいぶんと色っぽくなったね」

礼香の恩師である貝原《かいはら》は、いつもとは違っていやらしい視線で、礼香を見つめてきた。

突然出張先のビジネスホテルに、礼香がひとりで現れたのだから、今までとは違って女として見ることもあるだろう。

だけど、グレーのスーツの上を脱いだときのブラウスの透け具合や、タイトスカートからのびる太ももに注がれる視線は尋常でないほどの淫靡さで、仁科の分析したとおり、貝原に好色なところがあるのかもと思ってしまう。

貝原は以前、仁進党が政権を握ったときの統務大臣であり、礼香が統務官僚として下についたときには、大変によくしてもらったという恩義があった。

五十歳と大臣経験者としてはかなり若く、性格はいたって真面目という噂である。

それでも仁科は、

「貝原先生は女にだらしないところがある」

と分析した。

礼香としては、信じられないところだ。

(貝原さんが、そんな人だなんて……)

と思いつつも、貝原が礼香と同じようにベッドに座り、距離をつめてきたのには驚いた。

「まさか、いきなり礼香くんが出張先に来るなんてなあ……」

礼香との距離は五十センチほどだ。風呂からあがったばかりで貝原はバスローブ姿だ。胸元がちらりと見えている。

「すみません、おひとりのプライベートな時間を邪魔するなんて」

「それだけ切羽つまっているんだろう?」

肩に手を置かれる。ゾクッとしたが、そのままにしておいた。

「ええ、そうなんです」

「内閣広報官が政権の意向に逆らうなんて、なかなか痛快だったがね。あれは普通の官僚にはできないことだ。だが、当然それで与党に睨まれた」

「はい……今は閑職に追いやられています。政権批判するマスコミの目があるので簡単には私を切れないでしょうが、いずれほとぼりが冷めたら、スキャンダルとかでっちあげられて汚名を着たまま辞めさせられるはずです。お願いです。貝原先生しか頼る人がいなくて……」

礼香は貝原を潤んだ目で見つめた。

内心はハニトラに引っかかって欲しくない。

統務大臣のときは、よく奥さんや娘さんの自慢をしていた。

真面目で実直な性格だ。

もしこの秋の選挙で政権交代が起こったら、かなりの要職に就く人である。

だが……。

「わかってるよ、礼香くん」

貝原の左手が、タイトミニからのぞくパンスト越しの太ももの上に置かれ、礼香はビクンと肩を震わせた。

（くうっ……貝原先生……あなたがそんなことをするなんて……）

ハニトラを命じられたが、貝原なら断るのではないかと思っていた。

政治家は欲にまみれ、好色なスケベジジイも多い。でも、貝原だけは違うと思っていた。

（私も貝原さんも既婚者よ。それなのに……）

貝原の手が、むっちりした太もものしなりを楽しむように、じっくりと撫でまわしながら、さらに内もものきわどい部分を触ってくる。

「ンッ……」

太ももの間に手を入れられて、礼香はため息をついた。

残念ながら、確信した。

貝原は決して真面目なんかじゃない。

「先生……」

礼香はスイッチを切り替えて、甘い声を漏らす。

「私、色仕掛けでどうこうなんて思ってないんです。以前から、先生のことを慕っていて……おわかりでしたよね、私の気持ち……」

ベタなことを言いつつ、太ももにあった貝原の手を取り、自らスカートの中に導いていく。

「う、うむ……もちろんだ。わかっていたとも……」

貝原は、いきなりの告白に戸惑いつつも、しっかりと指を動かしてきた。

パンティの上から、スリットを探し当てて上下に軽くこすってくる。女を感じさせようとする、ねちっこい指の動きだ。

「あっ……んんっ……」

羞恥をこらえ、礼香は甘い声を漏らして、身を寄せていく。

「あんっ……もう、濡れてるんです。礼香のここ……わかりますか?」

「そ、そうか……」

「そうです。先生に触れられてるだけで、奥がジュンと疼いてきて……」

礼香はせつなげに身を揺する。

実際にパンティの奥が湿ってきているのがわかる。

口惜しいが、毎日のように仁科に〝仕込ま〟れて、濡れやすい身体になってきているのだ。

「ああ……たまらないよ、礼香くん……」

ついには貝原がベッド押し倒してきて、パンティストッキングとパンティを脱がしにかかってくる。

爪先から下着を抜かれて、脚を広げられる。

「ああんっ……」

恥ずかしさがこみあげてくる。

相手は十八歳も年上の、父親のような存在だ。そんな男に濡れそぼる秘部を見られるのは震えるほど恥ずかしい。

「ずいぶん、濡れやすいんだな」

「ああ、相手が先生だからです……こんなの夢みたい」

歯の浮くような甘い台詞《せりふ》を続けていると、しかし、貝原の顔が曇っていくのがわかった。

「でもどうして僕なのかね。礼香くんなら、もっと有力な人間を知っていそうな気がするんだが」

「えっ、それは……」

ちょっと調子に乗りすぎたか……。

貝原に警戒心が出てきたようだ。

礼香は媚びた表情で、貝原を見つめる。

「だって、先生……与党議員には睨まれているし、それに先生なら、私のことを真剣に考えてくれると……部下だったときも私がミスしたら、本気で怒ってくれました」

「それはそうだが……」

貝原がとまどいの姿を見せている。

できればこのまま貝原には、ハニトラを突っぱねて欲しいと思った。

誘惑しているのに、拒否して欲しいというのは矛盾しているのだが、やはり恩義があるのは間違いない。

そんな思いを持ちつつも、礼香は仁科にレッスンされた通りに、貝原を引き寄せて唇を重ねた。

「……ンムッ、ンッ……」

誘惑しながらも、どこかで怒って欲しいと思っていた。

だが、

「礼香くん……ンンッ……んん」

貝原はキスを受け入れて、舌まで入れてきた。愕然とするも、恥ずかしさを忘れて礼香も舌を使った。

「んふっ……んううんっ……」

濃厚なキスは《男の心を溶かす》と、仁科に仕込まれていた。その通りだ。効果はてきめんだった。

しっとりした唾液をねちゃねちゃとさせながら、唇と舌で貝原の口腔を愛撫すると、次第に彼も熱い吐息を放ってくる。

「あんっ、先生……」

「礼香くん、ああ……すまない、キミの気持ちを疑ってしまって。大丈夫だ。キミの処遇のことはなんとかするから……僕の力なら安心だよ」

ついに貝原は、下心のある台詞を口にする。

すべては礼香の鞄の中に仕込まれた、小型カメラで盗撮されている。

うまく編集すれば、貝原の方から礼香に性行為を求めてきた、という風にできるだろう。

貝原は再び礼香を組み敷いた。

今度は好色さを剝き出しにして、荒々しく性的な欲求をぶつけるように、礼香のブラウスを脱がせていく。

ブラジャーをむしりとられた。

ふっくらと隆起したFカップのふくらみに、指を食い込ませてくる。

「ああんっ」

強く揉まれて、思わず声が漏れた。

「あんっ……先生、感じちゃう……」

正直ちょっと力が強すぎる。

お世辞にも、貝原の愛撫はうまいとは言えなかった。

だけど礼香は仁科からの執拗な色責めによって、もとより敏感な身体を、さらに感じるように仕込まれていた。

「たまらんよ、こんな素晴らしい身体ははじめてだ。最高だよ」

「はああんっ……ああんっ……うれしい、先生……」

ミドルレングスの髪を振り乱して、礼香は腰を浮かせる。

同時に礼香の指は、貝原の股間に伸びていた。

「むう……れ、礼香くん……」

礼香は慣れた手つきで、彼のズボンのファスナーを下ろし、勃起したペニスを取り出した。

貝原は焦っている。

「いいでしょう？　先生……」

礼香は貝原を仰向けにさせると、色っぽく微笑んでから、股間に顔を埋めていく。

「むっ！」

貝原が小さく呻いた。

礼香は仁科に教えられたとおりに、カウパー液でぐしょぐしょになった肉竿を舌でたっぷりと舐める。

そうして頃合いを見てから、大きく咥え込んだ。

「うおおお……」

彼が悶えて、顎をせりあげる。

「んふん……んんっ……んふっ……」

しなやかな指をからめ、スロートしながら悩ましい鼻息を漏らすと、口の中の勃起がうれしそうにふくれあがる。

「くうう、た、たまらんよ……」

すっぽり咥えられたまま、舌を使われるのが気持ちいいのだろう。

貝原は礼香の頭を撫でてきた。

そして上体を起こして、礼香のフェラを観察してくる。

四つん這いのまま、タイトスカートはまくれているから、小気味よくあがった尻丘が見えている。

下垂して揺れるFカップの乳房や、引き締まったウエスト、そして口を開いたおしゃぶり顔……すべてを見られていると、視線でわかる。

貝原のいやらしい視線を感じた礼香は、舐めながら上目遣いにねっとりした視線を送る。

フェラチオをしながら、目と目を合わせる。

これが男の征服欲を煽るのだ。

そういう風に、教え込まれてきていた。

「おうう……気持ちいいよ」

彼は唸りつつ、手を出してきた。

おっぱいをすくいあげるように、揉みしだかれる。

「うぐっ……うぐぐ……」

礼香は砲身を咥えたまま、小さく喘いだ。

下向きの乳房が汗ばんだ手に捕捉されて、ギュッ、ギュッとまるで牛の乳のように搾り出される。

「むふうん……」

痛みとともに、たまらない刺激に礼香は身をよじる。

敏感なふくらみを揉みしだかれ、礼香はいけないと思うのに、身を熱くしておしゃぶりに没頭してしまう。

「おおっ、いいぞ、尻を振っておねだりか」

言われて、ヒップをぷりぷりと左右に振ってしまっていること気がついた。つたない愛撫でも、確実に礼香の身体は昂ぶるようにされている。

（いやっ……恥ずかしい……）

それでもその仕草は、貝原を追いつめるのに十分だった。

「くおお」

貝原は呻いて、礼香の頭をつかんでフェラチオをやめさせた。

「あん……先生……」

「た、たまらんよ、もうガマンできん……」

切迫した口調で貝原は礼香を仰向けにした。

そして再び脚を広げさせ、そそり勃つ肉柱の先を、礼香の膣口に向けて押しつけてきた。

5

(ああ、あなた……)

すでに仁科に抱かれて裏切っている。

それなのに、さらに別の男に身体を差し出すのはつらかった。

だけど、これも平和で幸せな家庭を守るためなのだ。

(それに、貝原先生も……ごめんなさい、許して)

この一連のハニートラップの現場は、一部始終が撮影されている。

その動画をうまく編集して、不倫現場として貝原を脅す。

貝原は議員としての弱みを握られて、与党政権の操り人形になるのだろう。

本来、この秋の選挙で、彼は政権奪取の立役者になるはずだった。しかし、その前に、地獄に嵌まり込んでしまったのだ。

礼香は大きく脚を広げさせられたまま、複雑な気持ちにとらわれていた。

彼は政府の言うことを聞くようになるのだろう。

それだけ不倫というのは、代償が大きいのだ。

(貝原先生、許して……)

せめて抱かれるときは、彼を気持ちよくさせてあげたかった。

「い、いくぞ……」

貝原が言いながら、肉祠を大きく押し広げてきた。

傘のように大きく広がったエラが、礼香の媚肉を削るように奥まで深くえぐってくる。

「あっ、あうううんっ……」

「おおお、ついに礼香くんと……ああ、つながったんだな」

貝原は歓喜の声を漏らしながら、さらに勃起をズンッと突き刺してくる。

「はああんっ……」

年齢の割に貝原のペニスは硬く、十分に感じられる持ち物だった。

(いやん……夫と比べては、だめっ……)

恥じらいも戸惑いも、荒々しく突かれるうちに吹き飛ばされていく。

貝原は礼香の身体を抱きしめながら、淫らな腰遣いで、ズボッ、ズボッと礼香の奥を穿《うが》っていく。

「あっ、あん……先生っ、うれしい……ああんっ……」

本気のよがり声だった。

熱く逞しいものでえぐられると、本能的に感じてしまう。

「おううっ、な、なんだこの締めつけは……た、たまらんよ」

「私も、ああンッ、アッ、アアッ……か、感じます。先生……あふっ」

情感たっぷりの声を漏らして、礼香はグラマーな人妻ボディをくねらせる。

とろけきった礼香の表情に興奮したのか、貝原は前傾したままキスをしてきた。

そして、そのままの流れで揺れ弾む乳房にも舌を這わせてくる。

「はああんっ……」

敏感な乳首を舌で刺激され、礼香はキュッと膣肉を締める。

「おうう、す、素晴らしいぞ……こんなに締まるおま×こは初めてだっ」

グラインドが俄然激しくなった。

先端が奥をかきまわしてくる。

まるでいたぶられるような動きすら、敏感な礼香の身体にたまらない甘美であった。

「あんっ……イッ、イクッ……先生っ、だめっ……」

礼香は貝原にしがみつきながら、腰をガクンガクンとうねらせる。

恥ずかしいが、本気のアクメだった。身体が浮遊するような心地よさに包まれて、そして一気に身体の力が抜けていく。

「おおう、イッたのか、僕のがよかったのか、礼香くん」

貝原はうれしそうに見つめてくる。

「……ごめんなさいっ、先生……あんまり気持ちよくて、ああん、ガマンできなかったんです」

「おおっ、可愛いよ、礼香くん。なんて可愛いんだ」

「先生……お願いっ、もっとしてっ……」

甘えるように言うのも、もう慣れた。

彼は口元をほころばせ、うんうんと頷く。

「ようし……」

美人エリート官僚をイカせたという自信が湧いているのか、貝原はピッチをますます激しいものにする。

「だめっ、あああん……先生ッ……ああん、そんなにしたら……ああんっ」

甘くすすり泣く声が、口を突いて出てしまう。礼香の肉体はまた快楽を貪ろうと蜜を吐き出して、結合の滑りをよくしていく。

「ああん……いい……いい……ッ」

結合部から染み入るような快楽が広がってきて、しとどに愛液で膣が漏れていく。

ぬちゃ、ぬちゃ……。

淫靡な音の中で、また意識がとろけていってしまう。

「くうう、礼香くんっ……！」

さらに貝原は激しく腰を使う。

たわわなバストが揺れ弾み、礼香も自然と腰を押しつけてしまう。

「ああん……ああんっ……もう、もう……だめえ……」

「おお、礼香くんっ、いいぞ……たまらんっ、だ、出すぞ」

ピルを飲んでいても、中に出されるおぞましさは変わらない。

だが、めくるめく快感に浸りきった礼香は、一瞬の強張りのあとに、仕込まれた台詞を口にしていた。

「……きて……ッ……出して先生っ、たくさん……礼香の中に熱いの出して」

おぞましい台詞を放ったそのときだ。

「おおお、いくぞ……」

貝原が声をあげ、腰を震わせる。

礼香の膣奥にどっと熱いものが注がれていく。

「あああん……あああ……あああ……熱いっ、ああん」

ガクン、ガクンと腰が揺れて、頭の中が真っ白になっていく。

そして……薄れゆく意識の中で、自分はどこへ行ってしまうのだろうかと、そんなことを思うのだった。

第二章　評論家の性癖

1

吉村祥子は、駅のホームで違和感を覚えた。

いつもの出勤前の、通勤ラッシュであることには変わりないのだが、誰かに見られている感じがしたのだ。

(普段のいやらしい視線と、びみょーに違うよーな……)

金髪のセミロングに、大きくて黒目がちな双眸。

派手なメイクに、色白の肌。

自分で言うのもなんだが、わりと可愛いギャルで、肩を出したカットソーの胸元は悩ましくふくらみ、超ミニのプリーツスカートからは自慢の脚線美を見せつけている。

だからまあ、男たちのきわどい視線を浴びるのはいつものことだから気にもしないのだが、今日はいつものそれとは違う気がするのだ。

（尾行《つ》けられてる？）

これでも一応は、国の情報機関の一員である。やっていることは、とんでもないことだけど。

だから、正体がバレるわけにはいかないと、尾行の察知の仕方ぐらいは教わっていた。仁科や倉持いわく、自分は相当にカンがいいから、スパイ向きなんだそうだ。

（しかしまあ、ＡＶ女優が国のために働いてるなんて、ウケるわよねえ）

祥子は若い頃……といっても二年くらい前だが。

二十歳から二十二歳までＡＶ女優をしながら、国会議員のセンセイとのパパ活で、毎月二十万ほどのお手当をもらっていたのである。

ところがだ。

ある日、そのセンセイは外国の企業から賄賂をもらったとして、東京地検特捜部というところに踏み込まれた。

そのときに外国のスパイと勘違いされ、祥子も一緒に連行された。

そして、なにが気に入られたのか知らないが、祥子は《国のためにハニトラをしないか》と、スカウトされたのだ。

もちろん最初は断った。

スパイなんて拷問とか訓練とか、そんなの面倒臭いし、危険もありそうだ。

だが話を聞くと、福利厚生もあるし、ハニトラするのは「政府に批判的な記者」や「他党の若手議員」といった特に危険ではない相手で、それだけで結構な額をもらえるとわかって心が揺れ動いた。

とはいっても本当の決め手は、売春という行為を、チャラにしてくれると言われたからである。

かくしてAV女優を引退して、今に至るというワケである。

(しっかし、誰なのよ、見てるのは……)

祥子は目だけを動かして、あたりの雰囲気を探った。

こちらを見張っているのは、ふたりぐらいかなと見当をつける。そういうカンは大抵当たっているのが、自分の特技だ。

電車が来る。

人混みの集団が少しだけ動いた。

入ってきた車両はすでに満員に近い状態だ。いつものことだ。

後ろの乗客に押されるように、祥子は車内に身体を滑り込ませる。

そのとき、ふとまわりを見渡す。目をそらした男がいた。

（あれかなあ）

仁科に習ったとおりに、そのまま何事もなかったように、祥子は電車に乗り込んだ。

内心、ドキドキした。ちょっとだけ危険を感じる。

（取り越し苦労だといいけど）

乗客の勢いはすさまじかった。

気がつくと連結部のドアの前まで押し込まれてしまっていた。身体が揺れないように、慌てて右手で吊革をつかむ。

（尾行してるのは、普通のサラリーマンって感じだけど……）

ようやくドアの閉まる音が聞こえ、ゆっくりと電車が動き出した。

（さあて、どうしよう）

出勤前だから、残業代はもらえないだろう。

こういうときは、とにかくまくのが一番だろう。別に正体を暴けとも言われてないし、自分がやるのは色仕掛けだけだ。

いろいろ考えながら、満員電車内で押されていたときだった。

（あっ……！）

プリーツミニのスカート越しのお尻に違和感を覚えた。

誰かの手が、ミニスカートの布地の上から、ヒップを撫でまわしてきているのだ。

（やだっ……こんなときに、痴漢……）

肩越しに見れば、背後に背の低いおっさんが、ぴたりくっついている。

いつもならヒールで爪先を踏むか、胸ぐらをつかんでいるところだ。祥子はもともとヤンキーだったから、それくらいはお手のものである。

だが、今は……へんな男たちが見張っているようだし、おとなしくしていよう。

そう思ってガマンしていると、最初はゆるゆると撫でていた男の手は、すぐに大胆になって、ミニスカート越しのお尻に指を食い込ませるほどに、激しく揉みしだいてきた。

（……ンンッ……い、いい加減に……）

ヒップの丸みと肉づきを確かめるような、おぞましい手つきだった。

薄い生地を通して男の手のひらの熱っぽさが伝わってくる。背筋が粟立つ思いだ。

（くぅ……ああっ、もう……何なの、この気持ち悪い手つき……）

「んっ！」

祥子は声をあげそうになり、慌てて唇を噛みしめてうつむいた。

お尻を撫でていた指が、尻割れの部分をなぞってきたのだ。

祥子はその指を振り払うように、腰をよじりたてる。

それでも男の指は関係ないとばかりに、強く撫でてくる。男の興奮した荒い息が髪にかかり、祥子は身震いした。

（もう……調子に乗らないでよ……私の身体、高いんだからね）

ＡＶ女優時代から、身体が資本だからと食生活やエステなど毎日気をつかっている。

ただで触らせるなんて、もったいない。

なんとか逃げようと身体を揺すったときだ。

電車がカーブに差しかかったのか、車内がガタンと揺れた。そのときを待ってましたとばかり、男の手がプリーツミニの中に潜り込んできた。

(あぁっ！)

祥子はビクンと身体を震わせる。

(スカートの中にまで手を……どんだけ厚かましいのよ)

手で払いのけようとするが、男の手がかまわずに、パンティに包まれた秘所をじっくりと撫でてくる。

わなわなと身体が震える。

(なんて、大胆なヤツ……常習だわ)

パンティ越しに尻たぶを揉まれ、さらにはお尻の谷間を指でなぞられる。

「う……」

ゾクッとして、思わず吊革をつかむ手に力が入る。

(くすぐった……い……んっ……んくっ)

ぞっとするような淫靡な愛撫に、身体が熱くなってくる。

薄いパンティを通して、男の指先を感じるたびに、ピクン、ピクンっと身体を震わせてしまうのが口惜しかった。

（い、意外とうまいじゃない）

情けないけど、認めるしかない。

やはり男は常習のようで、焦ることなくじっくりと祥子の股間を、指の腹で撫でさすってくる。

（あっ、やだ……濡れちゃいそう）

通勤時間だというのに、腋窩に汗をにじませ、女の甘い匂いをムンムンと発してしまう。

（くうう……あ、そこ……）

ここのところ色仕掛けの仕事がないから身体が疼いていた。

この前もマルタイの知り合いだからと、新人の礼香に仕事を奪われてしまっていた。

「あンッ……」

思わず感じた声を漏らし、祥子は顔をのけぞらせる。

痴漢の指がパンティのクロッチを横にズラし、直に秘裂に触れてきたのだ。憎らしいほどのテクニックだった。

（は……はァ……いやっ、そんなとこ、いじくらないで……ハァ……ン……）

指先がくにゅくにゅと、媚肉を圧迫する。

身体の芯がぽうっと熱くなり、うっとりと目を細めてしまう。

たまらなかった。

（は、恥ずかしいのに……）

まわりに乗客がいる。

それにこちらを見張っている男の動きも気になる。

だが痴漢の指を感じていると、そんなことはどうでもよくなってきてしまう。

（あん、どうしよう……）

「あっ……あっ……」

（やだ……声が……出ちゃう……）

ついにはクチュクチュという音まで響いて、奥からねっとりとした愛液を漏らしはじめた。

これはもう……だめだ。

祥子は観念して、ミニスカートに潜る男の手をつかみ、

「もっと、もっとして……」

と、肩越しに小さな声でおねだりする。

するとだ。

男は逃げるように、するっと手を抜いた。

（えっ？）

そうして、今度は一切触らなくなってきた。

どうやら痴女と思われたようだ。

（いいじゃないのよ、ちょっとぐらい、こっちが積極的になっても……）

あーあ、とため息をつく。

この火照りは、簡単には収まりがつきそうにない。

オフィスについたら、自分の指で……と思っていると、いつの間にか自分を監視する男たちの視線は消えていた。

どうやら呆れられたらしい。

2

祥子は念のため、遠まわりをして神田のオフィスに向かっていた。

パンティが濡れている。早く乾かしたい。

時間をかけてオフィスについてから、トイレで股を拭った。

ねばねばした愛液が、クロッチにもこびりついている。

なんでこんなに濡れるのか……本当に欲求不満だと思いつつ、祥子は股布の愛液をトイレットペーパーで丹念に拭き取った。

少しすっきりして、祥子は廊下を軽快に歩く。

歩きながら、先ほどの男を思い出していた。

痴漢ではない。

尾行らしき男たちの風体だ。

記憶力がいいのも、自分の特技である。

男たちは何かしていたか？

何か怪しいものを持ってなかったか？

一瞬しか見えなかったが、祥子にはそれを再現する記憶力がある。常人よりも遙かにすぐれた記憶力だ。写真を見ているように、鮮明に思い出せる。

こちらを尾行している男。

ジャケットの内側に黒い紐と、金属のフックが確かに見えた。

（あ……そうか。あれ、警察手帳だ）

間違いない。

警察手帳は、ナスカンというフックで私服や制服の内側に引っかけられる仕組みだって、勉強したことがある。

まさしくそれだ。

尾行してきたのは警察に違いない。

(でもなんで?)

疑問を持ちながらオフィスに入り、自分の机の椅子に座る。

「なに難しい顔してんのよ」

隣の席の日向美穂が訊いてきた。

祥子は尾行の説明をすると、美穂は目を細める。

「ただの自意識過剰じゃないの?」

「私のカンがいいのは、あんたも知ってるでしょう?」

「知ってるけど、なんで警察が私たちなんか見張るのよ」

「わかんないけど……」

「怖いなら、静香ちゃんからもらった、あのグッズ使ったら?」

「やだよう、あんな怖いの」

美穂が言っているのは、ハメ担の女性陣がみんな持っている、レイプ防止グッズのことである。

静香が自衛官時代に使っていたというグッズは、ペットボトルのキャップの中に鉛筆削りの刃のようなものが入っている代物だ。

それを膣内に入れておき、男が挿入したら先が切れるという、恐ろしいものである。怖くて使ったことなどないけれど……。

「あ、そういえばさあ。警察の中にウチと同じような、スパイしてる部署があるって言ってたわよね」

質問すると美穂は、

「はあ？」

と、何を今さら、という顔で見つめてきた。

「それくらい覚えておきなさいよ」

美穂は元グラビアアイドルであるが、自分と違って頭がいい。ハメ担に入るときにＩＱテストを受けたら、信じられない高得点が出たらしい。

美穂はボールペンとノートを取り出し、何かを書きはじめた。

「公安警察と公安調査局。警察と法律省の外局。まあ要するにウチの商売敵。基本的にはライバルね。いやもちろん向こうはハニトラなんかしないけど」

「ふーん」

祥子はあいまいな返事をする。

すると美穂が、そのノートに乱暴に三つの円を描き始める。

円をそれぞれ線で繋ぎつつ、三角形をつくると、それぞれの線の中央にバツ印を書き込んだ。

「ちゃんと勉強しなさいよ、もう。三つの組織は同じようなことをしてるけど、仲はよくないのよ。公安警察は極左暴力集団とか市民団体とか、国家を脅かす組織犯罪を摘発するって感じ。公安調査局は情報を集めるだけ。おもにデスクワークが主体の地味な仕事ね」

美穂につめられていると、倉持がハゲあがった頭をぱちぱちと叩きながら話に入ってきた。

「いやいや、それは違いますよ。昔は公安と対立ってときもあったけど、今は仲良うしてはります」

倉持は昔、官僚でエリートだったと言っていた気がする。

ちなみにその倉持が、なんでここにいるかと言えば、この人もハニトラにかかったクチなのだ。まあ、見た目からして好色そうなジジイだ。

「それは上だけの話じゃないんですか？　下は、いつも横やりを入れられるって、公安の人が文句言ってたの聞いたことありますよ」

　美穂が反論する。

　倉持は「うーん」と唸った。

「でもなあ……ほら、前の大畑首相が、政治主導って言って、内閣の力を強くしましたやろ。警察の力は弱体化。あれでウチと警察のパワーバランスは、どっこいどっこいになりましてなあ。向こうさんもこっちに刃向かうようなことはしなくなりまして」

　祥子は「へえ」と腕を組む。

ということは、見張ってたのは公安ではないのか。でも別に警察に見張られるようなことはしてないけど。

「ところで、祥子さん。吉田《よしだ》の件、今日あたりやなかったでした？」

　倉持に言われ、祥子は思い出した。

「ああ、そうだった」

　祥子が答えると、美穂が訊いてきた。

「祥子、今日なんだっけ？」

「テレビに出てる有名な教育評論家よ。吉田勘二《かんじ》って人」

美穂が「ああ」と頷いた。

吉田勘二はコメンテーターとしてワイドショーに出てきては、かなり辛辣に政府を批判しまくっている。

元は熱心な教育者で、学校のいじめ問題に対しては隠蔽などがあれば激しくバッシングして、主婦層から人気が高い。

教育問題はすべて国が悪いが口癖なので、政府としてはやっかいな存在だということだった。

「まあ正義感はあるんやけどなあ。自分を曲げないってことで有名で、間違いなく政権には反乱分子なんよ。しかもＳＮＳの裏垢を持ってて、野党仁進党の集会に出てた、なんて噂もある」

倉持は続ける。

「だから、今回は頼むで」

「はいはい。ちゃんと高校時代の、持ってきましたから」

祥子が鞄を指差すと、美穂が首をかしげた。

「なにするのよ」

「女子高生するのよ。調べたところによるとその人、ロリコンなんだって。今回はＪＫで攻めるってワケ」

「はあ？　あんたが女子高生？　えらく老けたＪＫね」

カチンときた。

「二十六に老けたはないんじゃない？　三十路のおばさん」

思いっきり言ってやると、美穂は口惜しそうに唇を嚙みしめる。

頭の中身ではかなわないけど、年齢勝負になれば、ギャフンと言わせられるのがうれしい。

3

礼香は仁科と、大洋テレビの本社がある六本木にクルマで向かっていた。

今朝のことだ。

貝原の不倫が記事になるからと、連絡があったのだ。

自分としてはヘマをした覚えがないから、何かの間違いではないかと思っている。

「それにしてもなんでバレたかわからないわ、貝原先生を張っていたのかしら」

助手席の礼香が言う。

ハンドルを握る仁科は、首をかしげた。

「野党の副幹事長なんて、マスコミが張り込みするほど興味ないんじゃないでしょうかね。ちょっと考えられない」

仁科の言い方に、ちょっとムッとした。

「もしかして、私がヘマしたと疑ってる？　それともリークしたんじゃないかって思ってる？」

「そんなこと言ってないですよ」

仁科が苦笑した。

「礼香さんは、脅されていようが、一度請け負った仕事はやり抜くと知ってますから。そうですよね」

「褒めてもなんも出ないわよ。とにかく、今回は失敗してないから」

「わかってますって。完璧な任務遂行でしたよ」

フンとそっぽを向くも、顔が熱くなる。

こんなやさ男に褒められてもうれしくないはずなのに、二週間みっちりと抱かれたら、仁科に対しても情ってものが湧いてくる。

「で？　さしあたって、どうするの？」

訊くと、やさ男は「そうですねえ」と少し考えてから、

「大洋テレビにネタを食わせましょうか。政権批判できるいいネタを」

あっさり言うから、驚いた。

「いいの？　内閣を守るのが仕事なんでしょう？」

「まあ確かに、貝原先生が不倫という記事くらいなら別に注目を浴びないし、ネトウヨって呼ばれてる与党応援団が、野党は下半身がだらしないとか、揶揄するくらいでしょ。でも相手の女は誰なんだと掘られたら面倒臭いです」

「なるほどねえ」

聞いていると、腹が立ってきた。

メディアと親政党がこれだけ親密につながってるとは。

「それにしても、あなた。よく平然としてられるわね、政府に対して」

赤信号で停まり、仁科がきょとんとした。

「平然としてますかね」

「してるわよ。ハニトラとか口止めとか。裏でこんなことしてるなんて思わなかったわ。広報官のときからまあ、おかしいなあって思ってたけど」

「必要悪ですよ」

仁科はさらっと言った。

「これが必要だって言うの？　前にも言われたけど、これが日本の正しい道だと思ってるの？」

「親政党以外には、国を任せられるのはいませんから」

彼はきっぱりと言った。

そうかなあ。

どうもこの子は、視野が狭すぎるような気がする。


料金のばか高い駐車場にクルマを停めて仁科ついていくと、歩いて五分のコーヒーショップにたどり着いた。

奥の席に、大洋テレビの人間はいた。

礼香はコーヒーを買ってから、奥の席に行く。

「桜川さんですね。いやー、テレビで見るより美人だなあ。どうすかね、ウチでキャスターとかやりません？」

軽そうな男だった。

「僕と同期なんですよ、坂上《さかがみ》って言います」

「ども」

男は軽く頭を下げる。

とても信用できそうな男ではないが、いいんだろうか。

坂上は礼香をジロジロ見ながら、へへッと笑った。

「しかし、あの美人広報官が、内閣情報室にいらっしゃったとは」

「その話はいいから。貝原さんの話、どこまで出すつもりだったんだ」

仁科が口を挟んだ。

「そうだなあ……野党の元大臣経験者が、不倫ってところか。それだけじゃ弱いから、お相手は政府にたてついた元美人官僚で、ダブル不倫」

坂上がコーヒーを啜りながら、こちらを見た。

仁科と同期なら三十歳くらいか。

その若さで、報道番組のプロデューサーをしているなら、相当できるのだろうが、どうもこの軽さには耐えられない。

「しかし、なんでこんな冴えないオッサンとメイクラブなんすか？」

坂上が古い言葉で揶揄してきた。

「それは……」

礼香は言いよどんだ。

さすがに大手のテレビ局でも、ハメ担までは知らないようだ。

「で、なんでわかったんだよ。貝原さんを張ってたのか？」

仁科がまた遮って、坂上に訊いた。

坂上はズズッとコーヒーを啜ってから内ポケットからスマホを出して、見せてきた。

写真はホテルの部屋を、盗撮したものだった。

部屋の中に礼香と貝原がいて、手を握りあっている。これは誰が見ても親密な関係だろう。

（ホテルのボーイだわ……）

一度ルームサービスを呼んだ記憶がある。

あのとき撮られていたのだろう。

「ずいぶん用意周到だな。これ、ボーイが撮ったんだろう」

仁科が言った。

坂上はニタニタ笑い、スマホを引っ込める。

「タレコミがあったんだよ」

「タレコミ?」

ふたりで声をそろえた。

「おまえだから言うけどな。これはウチじゃなくて誰かが撮った。それを俺のアドレスに送ってきたんだ。ウチのスクープにしていいって文面を載せてな」

坂上は灰皿を自分に引き寄せてから、煙草に火をつける。

それにしても、誰なんだろう。

わざわざボーイに金を握らせて、盗撮させるなんて。

いや、それよりもなによりもだ。

ピンポイントすぎる。

あの日、あの部屋に礼香が訪れることを、わかっていたとしか思えない。

考えていると、仁科が言った。

「貝原さんの不倫は出していいけど、相手のことは絶対に出すな」

えっ、と思った。

「そりゃまた難しい話だなあ」

坂上が煙草の灰を押しながら、ぞんざいに言う。

「ただじゃないぞ。代わりのネタだけど……噂でさあ、政権の不祥事があったら、それを隠すように芸能人の薬物関連で捕まるってニュースがあるだろ」

仁科の言葉に、坂上が爬虫類の目を細めた。

「あるけどさあ。さすがにそんなことないだろ」

「この前、マトリの上が、内閣の人間と極秘で打ち合わせしてる」

坂上が眉をひそめた。

「マジか。都市伝説だと思ってたぞ」

「内容は知らんよ。別の打ち合わせしてたかもしれないけど」

仁科が冷静に言う。

「だとしても、極秘で会ってたことは間違いないんだな。しかし、いいのか？もし書いたら与党は死ぬほど叩かれるぞ。今まで都市伝説レベルだった話が、にわかに現実っぽくなるんだからな」

「いいよ。じゃあ、交渉成立だ。メールも写真もこっちに送ってから全部消してくれ。何人知ってる？」

「メールサーバでチェックしているヤツがいるが、こいつなら黙らせられる。あとは誰もいない」

「わかった」

その後、細かい打ち合わせをして、ふたりはコーヒーショップを出た。

「嘘でしょ。マトリに圧力かけてたなんて」

礼香が言うと、仁科は飄々とした感じで「いやあ」と頭をかいた。

「圧力じゃないですよ。忖度ってヤツです。たまに官房副長官が、マトリの上層部を呼ぶんですけどね。そしたらマトリが勝手に気をまわして、逮捕時期を変えてくれるんですよ」

「呆れた。それが圧力じゃないの」

「まあ、そうかもしれないですね」

また人ごとのような台詞に、礼香は憤慨した。

「まったく……ホントに汚い話ばかりだわ。前総理も、いろいろ問題があったけど」

「大畑さんは悪くありませんよ。あれはマスコミが悪い」

仁科は珍しく反論してきた。

「でも、あの人が総理になってから人気は出たかもしれないけど、責任って言葉が軽くなっちゃった」

「滅多なこと言わないでください。あれはマスコミのせいです」

仁科が眼鏡の奥の目を細めて睨んできた。

妙に攻撃的な目で、ゾクッとした。

「まあ確かにマスコミも攻撃的すぎるけど……」

「そうですよ」

言われて、礼香はため息をついた。

(なんかひん曲がった正義感ねえ。まあいいけど)

駐車場について、仁科は「ああ」と声をあげる。

「礼香さん、細かいのがなくて……貸してもらえませんか?」

「いくら?」

「千円」

礼香はまた、ため息をつきながら千円札を渡す。

「千円は細かくないわよ」

「すみません、カードしかないんです」

ふたりでクルマに乗り込んでから、仁科が言う。

「お金はオフィスに戻ったら返しますから。それよりも、今日は千円分くらい、多くサービスした方がいいですか？」

「サービスって……？」

訊いてから、意味がわかってきて、礼香はカアッと全身を熱くさせる。

「き、今日もする気なの？」

「もちろんです、今日はプラス千円分気持ちよくさせてあげますから」

「い、いらないわよ。お金で返してよ」

礼香は呆れて、前を向いた。

絶対にこんなところ、いつかつぶしてやる。

4

開店して間もないのに、すでに店には男性客がいた。

新宿歌舞伎町の出会いバー「アール」で、祥子は女子高校生といつわり、一週間ほど前から働いている。

出会い系バーは、文字通り男女の出会いを求める場だが、この店では本物の女子高生がいるって掲示板では評判で、実際に働いている子がいるのだった。

言いたくないが、店の女の子のレベルは低い。

そんな中でもまあまあ繁盛しているのは、ＪＫのいる店だからだ。やはり女子高生好きの男は多いらしい。

祥子はミラーボールがまわる店内の待機場所でソファに座り、ネイルの手入れをしていた。

茶髪セミロングを内巻にして、濃いめのチークにベージュのアイシャドウ。それに色白美白で、谷間の見えるタイトにシャツにミニスカート。

ひと昔前の「白ギャル」という古くさいメイクだけど、その方が客のおじさんたちにはウケがいいと事前に聞いていていた。

それにプラスして、元ＡＶ女優とバレるのはまずいから、かなり化粧を盛っているのである。

「ねえねえ、祥子ちゃんってエクステ？」

おっとりした女の子が聞いてきた。

「ううん、違うけど」

答えると、女の子は「いいなあー」とジロジロ見つめてきた。

「お目々ぱっちりだし、肌もキレイだし。なんかいい匂いもするし」

「ありがと」

礼を言うと、女の子はにこにこしてソファの隣に座ってきた。艶めかしい目で手を握ってくる。

(この子、そっち系？)

ちょうどボーイに呼ばれたので、祥子は立ちあがって、そそくさと席を後にする。ＡＶ女優時代に女の子ともからんだけど、あまり楽しくない。

やっぱり男がいい。

もちろん、硬いのがいい。

通路を歩きながら、客や女の子の様子をうかがう。

席はパーテーションに囲われた半個室だが、上からは丸見えだ。

一応、室内でのワイセツ行為は禁止だが、おっさんたちはデレデレと女の子の脚などを触っている。

そして自由恋愛を謳っていて、店外に連れ出すのは自由だ。

だけど連れ出した後の、客への金のせびり方も女の子側はレクチャーを受けている。

店の取り分は五割。

割高だけど、ここに来るような女の子たちは、それを疑問に思っているフシはない。

身体を使うにしても、もう少し賢く稼げるのではと思う。

まあＡＶ女優がワリがいいかといえば、そんなこともないので同じようなものではあるが。

指名された席についた。

いきなりターゲットの吉田勘二だったので、内心ドキッとする。

(なんでこんな早い時間から……暇なのかしら)

まだ夕方の五時である。

テレビに出まくっているから、忙しいとは思っていたが、よくよく考えれば本職がよくわからない。

「どうもー、祥子でーす」

愛想を振りまきながら、祥子は吉田の隣に座る。

一瞬、吉田は顔をほころばせたが、ムスッとした顔に戻る。

「あー、キミはこの店は長いのかね」

やけに偉そうな態度だ。

(聞いてたとおりだわー)

吉田の手口は、他の女の子に聞いていている。

《あのおじさん、こんなところで働いていていいのか、とか説教したあとに、話を聞いてあげるからとか店を連れ出そうとするのよねえ》

いかにも上から目線のおじさんだ。げんなりする。

が、もちろんそんな態度はおくびにも出さず、祥子は媚びた目をして吉田を見つめる。

「長くないよ。来て一週間」

じっと見つめてやると、吉田の鼻の下が少し伸びた。

「そうか。しかし、学校はちゃんと行ってるのかね。なじみのボーイに聞いたけど、高校生なんだろう?」

「うん。十八歳。ちゃんと行ってるよぉ」

さりげなく、年齢を確認してくるのがエロい。

それに、ムスッとしているくせに、チラチラと胸元やら太ももに目を走らせてくるのも、実にむっつりなスケベだ。

(まあでも、欲望丸出しのおじさんって、嫌いじゃないけどね)

ニコニコしていると、吉田は少し相貌を崩した。

「しかし、こういうとこで働いてるってことは、いろいろ大変なんだろう？　お金とか」

「うーん、そうねえ……」

どうやら、餌を撒いてきているようだ。

ここは、釣り針に引っかかったフリをしなければならない。

祥子は吉田に寄り添い、腕におっぱいを押しつけながら言う。

「ウチ貧乏だからさあ、お小遣いとかもらってないし。でもスマホ代とかバカにならないからコンビニのバイトとか、かったるいんだよねえ。たしかに金目当てで働いてるなあ」

ぱっちりした目で見つめながら、さらにシャツの胸元のふくらみを押しつけると、吉田の目が谷間にいった。

(まったく、このスケベ)

とはいえ、吉田の女性の好みはギャルということは事前調査でバッチリわかっていて、祥子はその好み通りに化けているのだから、ぞっこんになるのも無理はない。

「なるほど、じゃあ少し援助してあげるから、もうちょっと静かな場所で話をするってのはどうかな。ふたりきりで」

「いいよ、お金くれるなら」

うまくいった。

祥子は心の中でほくそ笑む。

もしこれで引っかからなかったら、また美穂から「年相応に見られたのよ。若いつもりでいるんだから」と、イヤミを言われるところだった。

それでお小遣い二万で手を打ち（かなり渋ちんだが）、吉田について祥子は店を出た。

歌舞伎町の奥に入っていき、ラブホテル街を歩いていく。

(慣れてるなあ)

吉田はどうやら目当ての場所があるようだった。

と思っていたら、小綺麗なラブホテルの前に着いた。

「おじさん、ちょっとぉ。いきなりホテルなの？」

一応、非難だけはしておきつつも、押せばなんとかなるような気怠い雰囲気を見せておく。

このへんの絶妙さは、ベテランのハニトラ要員のなせる技である。

「いや、こっちの方が静かに話を聞けるからねえ。どうだろう。もう少しお小遣いあげてもいいいんだけどな」

結局四万円で合意となった。

言葉にはしてないが、もちろんプレイ料金である。

ホテルに入って、吉田は慣れた手つきで部屋を選ぶ。四〇一号室。鞄に入っているいる小型カメラとマイクに向けて、小さい声で「四〇一」と伝える。

エレベーターに乗り込むと、さっそく吉田がいやらしい手つきでヒップを撫でてきた。背筋がぞっとして肌が粟立つ。

(まったく……テレビに出てるくせに……こんなことして)

とはいえ、仕事である。

祥子は身体を寄せて、濡れきった目で吉田を見つめる。

いよいよ吉田は欲情を隠しきれなくなり、ニヤニヤしながら、屈んで唇を押しつけてくる。

（うっ……）

煙草の臭いのついた唾の味が不快だ。

それでもガマンして、ねちゃねちゃと音を立てて、舌を入れたキスをする。

口づけをほどくと、吉田はもう好色さを隠さず、腰に手をまわしてまるで恋人のようにエスコートする。

部屋の中に入ると、吉田はいきなりセーラー服を手渡してきた。

袋から取り出してみる。

コスプレ用のぺらぺらしたもので、今、自分が穿いているミニスカートよりもっと短くて、なにもしなくてもパンティが見えてしまいそうな恥ずかしいものだった。

（ホントにロリコンなのねえ）

さらにはご丁寧に下着まである。純白のブラジャーとパンティだ。Mサイズと書いてあるから、これもコスプレ用の安物だろう。

「これを着るのね？」

部屋の中央にはダブルベッドがあり、その奥にドアがある。

おそらくそこがバスルームなのだろうと、セーラー服を持って着替えに行こう

とすると、

「いや、ここで着替えてくれ」

「えっ」

着替えるところが見たいのか。

「いやだ、もう……」

恥じらいを見せると、吉田の顔が余計にとろけた。ギャルでも中身は女子高生らしく、純というのがウケるのもわかっている。

シャツのボタンに手をかける。

吉田の方をちらっと見れば、祥子が服を脱ぐのを、ニヤニヤといやらしい視線で見つめている。

(ああ、なんだか……)

カアッと身体が熱くなる。

妙だった。

別に男の前で服を脱ぐぐらいなんでもないのに、恥ずかしい。

おそらく、ねっとりした吉田の視線が、いやらしすぎるのだろう。

でもここまできて躊躇していられない。

ボタンを外してシャツを脱ぐ。

水色のブラジャーに包まれた乳房が揺れ弾み、吉田の目にさらされる。

「ほお、発育がいいなあ。こんな大きな胸をしてたら、男子にジロジロ見られるんじゃないかね」

いやなところをついてくる。

身体が熱くなる。

「まあね、けっこう見られてるよ」

ＪＫ時代を思い出す。当時は胸が大きいのはコンプレックスで、体操服とか着ているときに、男子に胸の揺れ具合をチェックされていたらしい。

その恥ずかしさを思い出すと、また身体が火照ってくる。

背中に手をまわして、ブラジャーのホックを外す。

ぶるんっ、と重たげなバストが揺れて、吉田の視線がいっそうキツいものに変わっていく。

（やだ……）

薄ピンクの乳首が、尖っているのがわかる。

まだ愛撫もされていないのに、見られている恥ずかしさだけで、ピンピンになっているのが自分でも浅ましい。

ベッドに座った吉田も服を脱ぎはじめた。股間の持ち物は年齢のわりに勃起の角度がすごい。

そしてこちらもスカートを下ろして、水色のパンティを脱ぐ。

「ああ……」

思わず小さなため息を漏らしてしまう。

下ろしたパンティのクロッチに、粘着性の愛液が沁みていたのだ。

(やだもう、これだけで……?)

AVの撮影のときも、こんなに早く濡れたことはない。

さっさとしまおうと小さくして、手の中に隠したときだ。

「ん?　どうれ、見せてご覧よ」

どうやら、隠そうとしたのがバレたらしい。

耳が熱くなる。

「やだ、おじさんっ……エッチ」

「女子高生の生態を知りたいだけさ。ほうら、パンツを広げてこちらに向けるんだ」

恥ずかしい命令に、演技でなくて本当に身体が震えてくる。

任務のためだと割り切ってパンティを裏返し、両手であやとりのようにして広げて見せてやる。

（ああんっ、ちょっと……これ、やばッ……！）

思ったよりも、はっきりとシミが浮いていた。

透明な汁を吸ったクロッチが捧げられて、強い匂いが鼻先に漂いはじめて脚が震える。

「ククク。まだ触ってもいないのに、そんなに濡らして……女子高生が、はしたないなあ。経験人数は何人だね？」

ちょっと考えた。

「さ、三人よ」

もちろん適当だ。

「もうちょっといそうだがな。まあいい。しかし……三人にしては、いい身体をしてるなあ。丸味を帯びて柔らかそうで……腰が細いのに男の欲しいところはしっかりと肉づきがいい。たまらんよ」

まるで品定めされているようだ。

もう早く終わらせたいと、祥子は手渡された可愛い下着とセーラー服を身につけて、ベッドにあがろうとした。

「いや、待て。まだだ。スカートをめくってくれないか」

「は？」

眉を曇らせる。

男は鋭い目つきになる。

「めくっているのがいいんだよ。どうぞ見てくださいって感じで……顔を歪ませてるのがいい。特に生意気そうなギャルが、そうしているのがね」

そう言いながら、男は祥子の足元に座って、スカートの前に顔を持ってきた。

（やだ、近い……）

ためらいつつ、仕方なく制服のプリーツスカートを持ちあげる。

吉田が顔を近づけてきた。

パンティ越しの恥部に、温かな息がかかる。

「んーん、いい匂いだな……たまらんよ……」

くんくんと鼻を鳴らす音がする。

「くうう……」

思わず恥辱の声を漏らす。

男がククッと笑った。

「次は後ろ向きだ。ヒップも見せてくれ」

「はっ、ええ？」

呆れつつ、仕方なくくるりと背を向けて、お尻を突き出した。

形のいいEカップバストも自慢だが、ツンと上向いた丸みを帯びたヒップも祥子の自慢だった。

「ほう、女子高生のわりにいいケツしてるじゃないか……尻から太ももにかけてのムチムチさがいい」

尻の割れ目に、温かな息がかかった。

「アア……」

祥子はビクッと身体を震わせて、思わずのけぞった。

パンティ越しの尻割れに、男が顔を押しつけてきたのだ。

「ああっ……ちょっと、おじさんっ……いやあっ！」

シャワーも浴びていないお尻の穴の匂いを嗅がれるなんて、さすがに卒倒しそうだった。

いやいやと尻を振るも、吉田の手はがっちりと桃尻をつかんでいる。

「フフ、女子高生の尻の穴はいい匂いがするなあ。んーむ。甘酸っぱい汗に、それに発情した匂いのブレンドだ」

クンクンとお尻を嗅がれてしまう。

怖気が走り、脚がガクガクした。

「いや、いや……ちょっと、やめて……」

「いやがってるわりには、内ももまで愛液が垂れてるぞ。女子高生のクセになんてスケベなんだ。ほら、じっとしてるんだ」

男は祥子の脚を強引に広げさせ、その間に入り込んで下からパンティのクロッチを舐めはじめた。

「あっ……いやんっ……くううっ」

恥ずかしいと思えば思うほどパンティの奥が熱く疼いて、ワレ目の奥から新鮮な甘蜜をこぼしてしまう。

「ククッ、またこぼれてきたぞ。パンティがもうぐっちょりだ。いかんなあ、こんなスケベな女子高生は」

男の舌がさらに激しく動く。

たしかにクロッチは蜜を吸ってぬるぬるで、湿ったパンティ越しだと、余計に吉田のいやらしい舌の動きを感じてしまう。

(ああんっ、どうして……)

いつもなら演技すればいいのに、この男の前で本気で濡らしてしまう。

さらには、だ。

男に命令され、祥子はベッドに手を突いて、尻を突き出す格好にされる。

そして、

「ひゃっ!」

薄気味悪い感触に、祥子は思わず四つん這いのまま背をそらす。

吉田がバックから、パンティ越しの尻割れにペニスを押しつけてこすってきたのだ。

(や、やるなら普通にしてよっ)

挿入もせず、ただ尻コキされるのが、性的な道具にさせられたように屈辱だった。

なのに、女は哀しい。

逞しいものでこすられるだけで、

「あんっ……あぁあっ……」

と、甘い声を漏らし、四つん這いの尻を振ってしまう。

「いやらしいなぁ、欲しがって尻を振るなんて」

ドキンドキンと脈打つペニスが、さらに硬く熱さを増していく。

「あぁっ……あぁあっ……」

身体の芯が熱く疼く。

男のシンボルが薄布一枚のところで、女の性感をいじくっている。

(あぁっ、もう入れて……)

硬いモノで、貫いて欲しかった。

それはもう演技ではなかった。

本当に欲しくなってしまっていた。

だめだ……身体がせつなくなっている。久しぶりだからだ。

さらに吉田はバックからの尻コキを楽しみつつ、セーラー服の上から乳房をつかんでくる。

「ああんっ……はあああっ」

祥子は眉根に悩ましいシワを刻み、肩越しに吉田にすがるような目を向ける。

「おおうっ、色っぽいな……ククッ、ほらっ、もっと尻を振れ」

ぴしゃりとパンティからハミ出た尻たぶを叩かれる。

「あんっ」

思わず甘い声が漏れる。

こんなひどい仕打ちでも、感じてしまう自分がうらめしかった。

5

「フフッ、だいぶ欲しがってきているなあ。実にスケベなＪＫだよ」

男が嘲笑する。

だが、実際に入れて欲しくなっているのは確かだから、反論できなかった。

（ああ、このまま後ろから……）

バックでされるのは屈辱的だが、それでもよかった。

硬いモノで貫いてくれるなら……。

だが。

吉田はなぜかすっと離れて、ベッドの上で仰向けになった。

剛直がそそり勃って、ひくひくと動いている。

切っ先からは透明な先走りの汁がこぼれて、赤黒いペニスをより黒光りさせている。

「じゃあ、そろそろ突いてあげようかな。自分から跨いでご覧」

「ええ？」

まさかバックより恥ずかしい騎乗位を強要されるとは思わなかった。

しかもだ。

自分から跨いで、挿入するなんて……。

「どうした？　欲しいんだろう？」

男が笑っている。

仕事で仕方なく……というよりも、女の本能が欲しがっていた。

恥ずかしいのだが、もうだめだった。

祥子は濡れたパンティを脱ぎ、ミニスカ制服のままで吉田を跨いで、腰をゆっくり落としていく。

肉竿を握りつつ、狙いを定めた膣穴に当てると、

「んんうっ！」

ぬるんっとすべって剛直が嵌まっていく。

騎乗位で、下から硬いモノに貫かれていくと、

「あああんっ」

自然と声が漏れて腰が動いてしまう。

体重をかけていくと、陰茎がさらに少しずつ収まっていく。

(ひ、広げられるっ……ああんっ、なんでこんなに大きいの……お、奥に……奥までできちゃう)

男根が中でビクビクと動いている。

気持ちよすぎてたまらない。

「おおうっ、すごいなっ……中がとろとろじゃないか……」

下から男がニヤニヤと笑う。

祥子は勃起を咥え込みながら、いやいやする。

「い、言わないでッ……私の身体のこと……あっ、ああっ……」

喋っている間にも、ずんッと大きく突きあげられた。

思わず大きな喘ぎ声を出して、腰をくねらせてしまう。

「ふ、ふううんっ……」

張り出した肉のエラにこすられると、意識がとろけていく。

「んっ、はあん……あぁああ……はあんっ」

大きく動かすと、ぬちゃっ、ぬちゃっ、と、蜜がまぶされる音が響く。

祥子は眉をハの字にして瞼を半分ほど落としたまま、じっくりと腰をグラインドさせていく。

するとまた下から突きあげられて、一瞬、目がくらんだ。

「あっ、あああ……そんなっ」

もっとして欲しかった。

だが、吉田は慣れたものだった。

いいところで突くのをやめて、じっと祥子を観察している。

「あんっ、み、見ないでっ」

首を振る。少し動いただけでも、愉悦が走る。

「動いて欲しかったら、おねだりするんだよ」

男が女のプライドを砕きにかかる。

服従させて、じっくり楽しむつもりなんだろう。

(テクニックに自信があるってわけね……)

おねだりなんてしたくなかった。

いつもの祥子なら、男がメロメロになって向こうからおねだりしてくるのだ。

だが、吉田は違った。

かなり手慣れていて、イニシアチブを取ってくる。

それが口惜しい。だが、ここで終わりにして欲しくなかった。

「お願いっ、おじさん……動かして」

「もっと丁寧な言い方じゃないとだめだ」

吉田が腰を浮かして、M字開脚してつながっている祥子の身体を揺さぶってきた。

「はううんっ、い、いいわっ……」

だが、男はまた腰の動きをやめる。

完敗だった。

「ああん、お願いっ……おま×こ、私のおま×こをおち×ちんで、奥まで突いてください。たくさん突いてっ」

「ククッ、合格だ。テストは満点だよ」

男がいよいよ突いてきた。

「あっ、あぁあんっ、あぁあんっ」

いきなりのフルピッチに、腰がとろけてしまう。

男はさらに祥子のセーラー服をたくしあげて、ブラカップをズラす。

「おおうっ……ぷるんぷるんだ」

吉田が上半身を起きあがらせて、乳房にむしゃぶりついてきた。

先ほどから疼いていた乳首に刺激が与えられ、祥子は恥ずかしいのに騎乗位のまま、のけぞってしまう。

「あああっ……いい……ンンッ……あぁあんっ……！」

（やだぁ、もうきちゃう……）

子宮口がキュンキュンと疼いてくる。

同時に、男の陰茎が熱くふくらんでいくのがわかる。

「くうっ……イ、イキそう……あんっ、きてえっ……もっと犯して！　あはああんっ」

理性が保てなかった。

吉田が奥まで突き入れた瞬間、熱いものがどっと奥まで流れ込んでくる。

「はぁぁっ！　イッ、イクッ……！」

祥子は騎乗位のまま、全身を痙攣させる。

（こんなおじさんに本気でイカされるなんて……）

口惜しいが、気持ちよすぎた。

世の中には見た目でわからない男がごまんといる。

これだから、この仕事はやめられないのだ。

6

夜の十時をまわり、祥子は自宅マンション近くでタクシーを停めてもらった。

本来はマンション前までタクシーで行くのだが、朝の電車通勤のときの視線が、気になっていたからである。

（まだいるのかしら……）

公安ではないとすると、警察のどの部署か。

それとも別の人間か、はたまた、思い違いだろうか。

もし自分が見張られているとすれば、やはりハメ担の人間だからだろう。

絶対にバレてはいけないし、仮にバレたとしても、絶対にハメ担のことは口にしない約束である。

(といっても、今まで一回も危ない目なんか当たったことないしなあ……)

美穂いわく。

ハメ担は昭和からある部署なんで、警察や野党の偉い人の一部は、知ってても見逃しているらしい。本当かどうかは知らないが。

歩いていると、股が疼いてきた。

明日はおそらく飲んだピルのせいで、身体がだるくなるだろう。家に帰ってゆっくりと休みたかった。

二つ目の角を曲がって、さらに狭い路地に入ったところだった。

マンション前に男がいた。

スーツ姿で、どこにでもいるサラリーマン風だが……。

(あっ)

朝、こちらを見ていた男だと祥子は気づいた。

祥子が後戻りしようとすると、男がこちらに向かって走ってきた。

(やばっ、なに？　私を捕まえるの？)

慌てて元の大通りに戻ろうとすると、前から来た別の男が腕をつかんでくる。

「おい、キミ……」

何かを言われる前に、祥子は男の股間に蹴りを入れていた。

「ぐわっ！」

男はまともに攻撃をくらって、道路にうずくまる。

マンション前の男が追ってきた。祥子は駆け出した。

ミニスカートにパンプスは走りにくすぎる。

男が迫ってくる。

（な、なんなのよ……）

誰か歩いていればいいのだが、と思っていたときだ。

車が猛スピードで走ってきて、横にとまった。

運転手の顔を見る。

「ああ、あんた……」

彼は早く、という風に手招きする。

祥子は慌てて助手席に乗り込んだ。すぐに発車する。

「私が襲われてるって、よくわかったわね」

ハアハアと肩で息をしながら言うと、男がタイミングよくペットボトルを手渡してくれる。

蓋を開けてゴクゴクと喉に流し込む。

甘い炭酸が喉を通っていく。

半分ほど飲んで、ふうっ、と息をついた。

まだ心臓がドキドキしている。

「偶然ですよ。ふたりの男に追いかけられてるんですもん。びっくりして駆けつけたんですよ」

男が言った。

祥子は少し考えてから、質問する。

「ねえ、うちらのこと狙ってる組織とかあるの？」

「ありませんよ、そんなもの。公安も野党も上は政府与党とつながってるんですから」

「ふーん」

緊張が高まってきた。

「どうしたんです？」

男は、祥子の様子がおかしいのに気づいたようだ。

「別に。なんでもないわ」

言いながら考える。

次の信号でとまったら、素早く外に出よう。

祥子がなぜそう考えたのか。

それは……先ほどの男の台詞だ。

《ふたりの男に追いかけられてるんですもん》

ピンときた。

男のクルマが走ってきたときは、ひとりはすでに倒れていた。あの位置からふたりは見えなかったはずである。

襲った男の仲間か。

それとも、襲撃をずっと見ていたのに、黙っているのか。

いずれにせよ、怪しいことは間違いない。

(この人、味方だと思っていたのに……)

クルマは大通りを走っている。

前の信号は赤だ。

速度が落ちてきた。

いけると思った。

だが……同時に、急激に身体が言うことをきかなくなり、眠くなってきた。

(な、なにこれ……)

瞼が重くて、開けていられなくなった。

何も考えられない……。

遠のく意識の中、先ほど男からもらったペットボトルを思い出していた。

(やばいわ、なんか入れられてたんだ)

気づいても遅かった。

藻掻く間もなく、祥子の意識は急激になくなっていく。

第三章　幹事長の後妻

1

礼香は緊張の面持ちで、倉持とともに首相官邸に向かった。

官邸の中には広報室がある。

広報官だったときは、毎日のように通っていた場所である。

だが、あの騒動から最後、礼香は足を踏み入れていなかったから、ずいぶん久しぶりである。

変わってないなあ、と思いながら敷地に入る。

入り口では警備の警官にじろじろと眺められ、中に入れば官邸の職員たちにギョッと驚かれたり、睨まれたりした。

まあ当然だろう。

あれだけのことをして「何しに来た」という目である。

官僚たちは、内閣人事局に出世を握られている。

当然ながら政府には逆らわないのが普通だ。

ところが礼香はそれに反して、外部省の会議録書き換えを暴露したのである。

尻拭いさせられた官僚たちから敵対視されるのは仕方ないことで、しかも「ハメ担」の存在も知らないだろうから「引退してのほほんとやっているのだろう」と思っている人間が大半だと思う。

「しかし桜川くんも、人気者だねえ」

倉持がハゲ頭を叩きながら、あははと笑う。

「ハメ担にいるって知ったら、どんな顔するんでしょうねえ」

小声で返す。

自虐ネタだった。

「そうだなあ。いい気味って思うんやない？」

ストレートに返されて、気が滅入る。自分は悪いことをしたんじゃないかと、思ってしまうくらいだ。

そんな中、ふと、記者の数が少ないのに気がついた。

（ああ、そうか。許可制になったんだった）

以前は国会記者証を持つ記者は、許可なしで国会や官邸、庁舎内を自由に出入りできたので、入り口付近には記者たちがたむろしていたものだ。

だが許可制に変わってから、ジャーナリストは勝手に庁舎や国会に入ることができなくなっている。記者たちに会わずにすんだのは幸いだが、なんだかますます親政党のやりたい放題になっている気もする。

エレベーターをあがり、執務室のドアをノックする。

秘書がドアを開けて中に入るようにうながした。

「よう」

奥の机に座ったオールバックの初老の男が、声をかけてきた。

ヤクザのような風体の男は、官房副長官の松木《まつき》である。

半年前の礼香が起こした事件のときに、怒鳴り込んできた男である。

『覚悟してろよ、桜川』

あのとき、さんざん怒鳴り散らした後に、松木は捨て台詞を吐いて去っていったのだった。

秘書は礼香と倉持を中央の応接セットにうながすと、一礼して部屋から出ていった。

「久しぶりだな、桜川」

松木も応接セットにやってきて、ふんぞり返った。

「その節は、いろいろご迷惑おかけしました。おかげさまで、再雇用まで斡旋していただいて」

イヤミったらしく言うと、松木はフンと鼻で笑い、煙草に火をつける。

「俺は別に何もしてないがな。いやあ、まさかハメ担に行くとはなあ。どうりで久々に見たら、身体つきが色っぽくなっているわけだ」

松木が臆面もなく、タイトミニからのぞく太ももやスーツの胸元を見つめてくる。

礼香は眉をキュウと曇らせる。

(まったく、内諜の本間といい、この男といい、永田町にはスケベジジイしかいないのかしら……)

松木は警察庁ＯＢで、ずっと内閣を支えているベテランだ。

霞ヶ関に睨みを利かせられるひとりとして、かなり大きな権力を持っていると言われてる。

「まあそれはいいとして、で、ハメ担のひとりは見つかったのか?」

倉持をじろりと睨みつける。

隣に座る倉持は、神妙な面持ちで、

「いえ、まだ……」

と小さな声で返答する。

松木は大きく煙草の煙を吐き出した。

「あのなあ……いくら素性がどうでもいい女を使えって言っても、ポルノ女優はないよなあ。仕事ほっぽり出して消えちまうようなヤツなんか、使えるかよ。まったく。仁科に言っとけ。ハニトラはなあ、頭が良くて清楚に見えて、実はスケベっていう女を使うんだよ、なあ……桜川」

ニヤリと笑う官房副長官の顔に、虫唾が走る。

「お言葉ですが、吉村さんはかなり優秀ですよ。仕事を途中で放ったりなんかしません」

「ほお。庇《かば》うのか。すっかりとハメ担が板についてきたじゃないかよ」

松木が笑う。

しまった、と思った。

別に彼女やハメ担をかばうつもりなんか、さらさらなかった……松木の物言いに腹が立って口走ってしまったのだった。

そこで倉持が口を開いた。

「あの、実は……吉村祥子はいなくなる前に、公安に見張られてるんじゃないかと言っておりまして」

松木は「はあ？」と小馬鹿にしたように返す。

「なんで公安がハメ担を狙うんだよ。俺はＯＢだが、聞いたことないぞ」

倉持が言う。

「これは私の推測ですが、仁進党の牧野《まきの》代表も公安ＯＢです」

「おい、倉持。それはないだろう。仁進党が与党のときもハメ担は使ってたんだぞ。そんなのバラしたら、自分の党にもブーメランが返ってくる」

「もしかすると、ですよ」

倉持は続ける。

「現在の富川《とみかわ》政権の支持率は、危険水域です。この秋の選挙は、仁進党の返り咲きの可能性があるから、なりふりかまわず取りにくると聞いてます。マスコミ連中も、全紙が仁進党の応援。もしここで、ハメ担のことが表に出れば、親政党は大ダメージです」

それを聞いて、松木は煙草の煙をふかしながら真顔になった。

「しかし、ハメ担の存在をバラすだけなら、別にハメ担の人間を拉致らなくてもいいじゃないか」

「そこはわかりません。もう少し調べてみないと」

松木は大きくため息をついた。

「とにかく、そのポルノ女優を探し出せ。政権に不利になることは、絶対に表に出すな。あと、香奈子《かなこ》夫人の件もな」

松木は煙草を灰皿に押しつけてから、机に戻った。

ちょうどそこにタイミングよく秘書が現れて、ドアを開ける。もう話すことはないという合図なのだろう。

礼香と倉持は一礼してから、執務室を出ようとした。

「ああ、桜川」

松木が呼びとめる。

「てめえがしたことは許せないがな。一応、泥をかぶる予定だった外部省の官僚は、おまえのこと感謝してるらしい」

「えっ？」

松木はフンと鼻をならして、さっさといけと手で合図した。

執務室を出る。

「よかったですねえ」

「ええ。それよりも香奈子夫人の件って、なんです？」

「あれなあ……親政党の梶浦《かじうら》さんって知ってるやろ」

「元幹事長の梶浦さん？　最近年下の後妻をもらったっていう……」

「それが香奈子夫人や。彼女はまあいいところのお嬢さんで、天然というか天真爛漫というか……とにかく警戒心がない。それで怪しい人脈とつながっていて、どうもいろいろまずいところに顔を出したりしてはる」

「聞いたことありますね。結構派手に遊んでいるとか」

「そう、それでまたやらかした」

「なにをです？」

「今度は秘書に手を出した」

「は？」

礼香は首をひねった。

「夫人秘書って、みんな女性じゃなかったんですか？」

「女ですよ。だから、そこに手を出したんや」

「ええー！」

廊下をすれ違った男が、なにごとかとこちらを見ている。

「シーッ。絶対にしゃべらんといてくださいよ」

「だって……結婚してるのに」

「あの人は両刀で……だけど最近は女の方が好きらしいんですわ。それでその秘書は本物のレズなのか、それともあとで脅そうとしたのかしらんけど、とにかく香奈子夫人と関係を持った」

呆れて何も言えなかった。

天真爛漫な上に、同性の秘書に手を出すって、自分の想像を超えすぎていて、頭が痛い。

「その関係はご破算にしましたよ、内諜が、全力で。そんなことが朝実新聞なんかにバレたらもう終わりやからね。で、それはいいんですが、もうさすがに手に負えないからってんで、ウチが夫人をハメることにしたんです」

「ハメ……」

「正確にはハメられることにした、が、正しいんやけどね。あの人『タチ』だから。で、美穂ちゃんをあてがうことにしたんです」

言われて、礼香は「はあ」と返した。

「でも、続けざまなんて……夫人もそんなにすぐに手は出さないでしょう」

「出すんですわ、これが。美穂ちゃんは夫人のタイプらしくて、実はもうだいぶいい雰囲気になってます。今日あたりいくんじゃないかなあ。一応撮影しておくことになってますので」

倉持ははげた頭の汗を、右手で拭った。

ハメ担はそんな仕事もあるのか、と礼香は唸った。

「それにしても、祥子さんが心配ですね。ホントにどうしたのかしら」

いまだ携帯にも連絡つかず、消息不明のままである。

祥子のマンションの部屋にも押しかけて、管理会社に説明して開けてもらったのだが、キレイに片づけられていて不気味なほどだった。

「どうなんかなあ。しかし拉致なのか、いなくなったのかわからないけど、目的がわからんわ。松木さんにはあんな風に言うたけど、野党の仕業っていうのも眉唾ものだし」

倉持が本音を言う。

「じゃあなんで、松木さんにあんなことを……」

「ああ言っとかないと、愚痴が長くなりそうやからねえ」

意外と倉持も適当なようだ。

また警備の人にジロジロ見られながらも、ふたりで官邸を出る。

タクシーを拾おうとしたときだ。

倉持が内ポケットからスマホを取り出して、話しはじめる。

「祥子さんは……見つかりませんか。まいったなあ。松木さん？　えらい剣幕でしたよ」

話の内容からすると、相手は仁科らしい。

「え、桜川くん？　隣にいますよ」

スマホを渡された。

「なあに？」

『ああ、礼香さん。すみません、仁進党の平林《ひらばやし》さんって、知ってますよね』

電話の向こうで、仁科がいきなりそんなことを言ってきた。

「知ってるわよ。もちろん。私と同じ地元から出てきたんだもの。広報してるときに国会で何度か顔を合わせて、ご飯食べに行ったわ」

平林清史郎《せいしろう》は三十歳の若さで、当選二期目ながらもかなり人気がある。誠実そうな顔立ちで、既婚者であるにもかかわらず女性ファンが多い。あまり目立たない若手の野党議員の中では群を抜いて存在感があり、期待の星だ。

『その平林さんが、野党支持者の有志を募って、ＳＮＳで若者にアピールしてるんですよ』

「はあ。それで？」

『というわけで、平林さんをお願いします。詳細はメールしておきますから。今からいきなりですみませんけど』

「え？　今日なの？　ちょっと……」

文句を言う前に電話が切れた。

「ＳＮＳで若者にアピールしてるから、邪魔なんですって。そんなのいいじゃないですかねえ。どう思います？」

仁科の代わりに倉持につめ寄る。

倉持がまた頭をピタピタ叩きながら、言う。

「まあ、政府もいろいろ考えてるんじゃないですかねえ」

先日は恩師の貝原で、今度は以前からよく知っている清史郎だ。どうしてこんなに自分に近い人間ばかりをターゲットにするのか。

頭が痛くなってきた。

2

「どう？　このあと、もう少し部屋で飲み直さない？」

香奈子夫人に言われて、美穂は心の中でホッと胸をなで下ろした。

（よかった。これで、小倉くんが無駄骨にならずにすんだわ……）

実はすでにホテルの香奈子夫人の部屋には仕掛けをしていた。

小倉が部屋にカメラを仕込んでいて、遠隔操作する仕組みだ。

もし夫人が誘ってこなければ、すべて泡と消えるところだった。

銀座にある高級ホテル内のフレンチレストラン。そこでディナー後のカプチーノを一口飲んでから、美穂はノーブルな笑みを夫人に見せる。

「ホントですか？　私みたいな人間がよろしいんでしょうか」

言うと、テーブルを挟んで向かいにいる香奈子夫人は、柔和な笑みを見せてくる。

「ええ、もちろんいいわよ。ぜひ女性の社会参加に関しての意見を、いろいろ聞かせて欲しいわ」

優しく言われると、こちらも妙にいい気分になってしまう。

いろいろ問題行動があるのはたしかではあるが、立ち振る舞いや人との接し方は、さすがだ。堂に入っている。

「ありがとうございます」

美穂はまた、カプチーノを口にする。

女性の活躍を推進する市民団体「フローラル東京」というのをでっちあげ、その代表として香奈子夫人に近づいたわけだが、どうやらうまくいったようだ。

(女性の活躍というか、女性が好きなわけね)

なんだか夫人の視線が、値踏みしているようでゾッとする。

今までハニトラで女性とからんだことはない。

というか、女性を愛したり愛されたりしたことは一度もない。

（やだなあ、女の人とエッチするの……）

美穂はいまさらながらハメ担になったことを後悔する。

と、いってもならざるを得なかったのだが。

美穂は子どもの頃から大人びていて、かなり身体つきもエロかった。十四歳のときにすでにバストはEカップで、学校で同い年の男子にいやらしい目で見られるのがいやだった。

自分の身体に嫌気が差していたが、それを変えてくれたのは芸能界だ。

渋谷でスカウトされて、その身体は金になると言われた。

当時高校生だったが、そんなことを言われたのは初めてだった。イメージビデオを出してみると、瞬く間に人気が出た。

いやらしい目で見られても、それが金になると思えば苦ではなくなった。

すべては、スカウトしてくれた事務所の男のおかげだ。

彼にはすべての信頼を置いていて、彼に言われるままにセックスもした。彼が愛してくれていると思えば、何も怖くなかった。

ドラッグも「ほんの少しなら、なんの害もない」と言われて信じきった。

そして、次第に仕事も選ぶようになって人気が以前ほどなくなると、信じていた彼はあっけなく離れていき、そして覚醒剤所持容疑で捕まったのだ。

「それにしても、素敵だわ、美穂さん。立ち振る舞いもマナーも。きっとご両親の育て方がよかったのねえ」

夫人がナプキンで口元を拭いながら言う。

「ありがとうございます。どうでしょうかね、子どもの頃は厳しかったと思いますけど」

言いながら、笑ってしまいそうになる。

親とはとっくに縁が切れているから、自分が生きていようが死んでいようが、あまり興味はないだろう。

いや、あるか。

このハメ担の報酬を知ったら、すり寄ってくるかもしれない。

(お金なんてどうでもいいけどね……)

内諜が美穂に声をかけたのは、おそらく血族や友人関係を調べた上のことだろう。

もし仮にハメ担のことを喋るような相手がいれば、声はかけてこないのだろう。

だから、自分がスカウトされたのはわかっている。

それでも、うれしかった。

国がこんな汚いことをしているなんて辟易するけど、仁科が必要悪だと言うんで、それを信じている。

(でも政治家の奥さんとエッチすることが、必要なのかしら)

あまり深く考えないことにしよう。

仕事は仕事なのだから。

「じゃあ、そろそろいきましょうか」

香奈子夫人が立ちあがった。

小柄に見えたが、上背はある。

シックなグレーのスーツを着こなし、五十歳という年齢を感じさせないほど若々しい雰囲気だ。

タイトなスカートから、ちらりと太ももを見せているのは、スタイルに自信があるのだろう。

美穂も立ちあがる。

香奈子夫人に、いよいよねっとりした視線で見つめられた。

こちらは白いブラウスに膝丈のピンクのフレアスカート。ずいぶんとフェミニンな格好だが、これが夫人の好みらしい。

パンプスを履いているから、今は百七十センチはあるだろう。

すらりとしたモデル体型には自信があり、バストやヒップも悩ましく盛りあがっている。

(でも同性だと、どこを見てるのかしら。グラマーな方がいいの？)

三十歳という年齢は、夫人より二十歳ほど下である。年齢的には彼女の娘でおかしくない年の差だ。

緊張の面持ちで、ついていく。

通路を歩いていると、エレベーターが見えてくる。

ドキドキと心臓が高鳴った。

五十歳にしては若い。美熟女といってもいいだろう。スタイルもいい。

横に並んだ夫人をそんな風に見ていたら、彼女はその視線に気づいて、少しアルコールを含んだ艶めかしい表情で見つめてきた。

「美穂さんって、スタイルがいいのねえ」

夫人がすうっと背中をさすり、腰に手を伸ばしてきた。

(あっ……)

ビクッとすると、彼女は優しくささやいてきた。

「もっと仲良くなれそうな気がするわ、あなたとは」

「えっ……あ……」

フレアスカート越しのヒップを、夫人の熱い手のひらがじっくりと撫でまわしてくる。

（ちょっと……えっ……？）

エレベーター前だ。当然ながら歩いている人の目もある。

まあ同性だったら、仲のいい女性同士に見えるかもしれない。それにしても大胆すぎる。

まがりなりにも、大物政治家の奥さんである。

目立つだろうと思うのに、どうやら本人はあまり気にしていないらしい。本当に無防備なんだなあと、妙に感心してしまう。

どこかの新聞で書いてあったが、香奈子夫人の行動は「無邪気な暴走」とあった。まさにそんな感じだ。悪気はないんだろうけど、自分の立場というものがわかっていない。

エレベーターで二十六階に降りる。

突き当たりが、香奈子夫人がよく使うジュニアスイートだ。

このところ、なにか都内で打ち合わせばあれば、この部屋を借りて一泊するらしい。夫婦仲がよくないのだろうか。

香奈子夫人が、カードキーでドアを開ける。

入り口から入ると左手に大きなダブルベッドがあり、右手に大きな窓とソファがある。

ソファの前にある小さなテーブルには、ワインとワイングラスが置いてあり、妖しい雰囲気だ。

(カメラはどこにあるんだろう)

美穂はさりげなく部屋の中を見渡す。

ないじゃないの……。

いつもはラブホテルや安いシティホテルなので比較的見つけやすいが、ここは老舗高級ホテルのジュニアスイート。調度品や間接照明も多く、しかもムーディな照明だから薄暗くて、わかりにくい。

夫人はワイングラスをふたつ持ってきて、ワインをついでくれた。

「乾杯しましょ」

ワイングラスを持ち、カチッとグラスを合わせる。

一口飲む。フルーティで飲みやすいワインだ。きっと高いんだろうなと思いながら、グラスを呷《あお》る。

（どこなのよ、カメラは……）

グラスを置いてから、

「キレイですねえ」

と、窓際に行く。

夜景を見るフリをしつつ、ソファの隙間や間接照明に目を配る。でも、見つけられなかった。

そのうちに、

「このホテルは初めて？」

香奈子夫人がすっと後ろに立った。

ガラスに写った美熟女の表情が、なんとも淫靡でゾクッとする。

「は、はい……私では、ちょっと身の丈に合わない値段なので……」

「そんなことないでしょう？　いいわ、今度使うときに、私の秘書に連絡してちょうだい。このホテルは主人の祖父が開業したものだから、ずっと家のように使っているの。ぜひ使って」

「ありがとうございます。今度、ぜひ……」

肩を抱かれた。

（いやっ、待って……）

カメラがベッドを狙っているのは間違いない。

だが正確な位置を把握しておかないと、決定的なハニトラの証拠にはならないだろう。

エッチして、それを記録しておかないと、この暴走おばさんの手綱をひけないではないか。

美穂はくるりと向き直り、そのままソファに行ってグラスを手に取った。

取りあえず時間稼ぎをしながら、カメラの位置を探そう。

「香奈子さんには、ホントに感謝してます。内閣の男女参画チームをつくっていただいて……」

「なあに、あらたまって」

香奈子夫人も隣に座り、ワイングラスを傾ける。

こくこくと小さく動く喉が、色っぽかった。

よく見れば、手の甲や首元には年相応のシワもあるのだが、それが魅力的にも見えてくる。

熟女らしい肉づきのよさはうかがえるものの、普通の「おばさん」よりもはるかにスタイルはいい。

「……たしかにあれは、私が梶浦に言ってつくらせたんだけどね」

香奈子が身体を寄せてくる。

左腕に柔らかな感触があった。

ブラウス越しの乳房が、押しつけられている。

かなりの大きさで、五十歳にしては十分に張りがあるのがわかる。

甘い匂いがして、胸が高鳴る。

不思議な感覚だった。

同性とこうして身体を寄せ合っても、何も感じたことはない。なのに、意識しているからだろうか、身体が火照っていくのがわかる。

「よかったです。男性はあまり女性の活躍というのを好まない人が多くて」

「特に親政党の古参議員なんかそうね。ウチの梶浦もそう。女性の社会進出を望むなんて言っても、現実に何もやろうとしないんだから」

香奈子が顔を近づけてくる。

メイクはナチュラルなのに、肌がやけに白くてキレイだった。

唇も厚ぼったくて、ぷるんと瑞々しい。

（あんっ……だめっ……どこなの、カメラ……）

セレブな美しい熟女の色香にむせつつ、美穂は盗撮しているであろう場所をチラチラと見る。

「どうしたの？」

夫人がわずかに顔を曇らせた。

「あっ、いえ……その……ち、近いかなって」

おそらく自分から積極的になるよりは「今から何をされるの？」という、ノーマルな反応をしておいた方がいいのだろう。

その判断は正しかったようだ。

香奈子夫人は口角をあげて妖艶に笑い、

「可愛いわね」

と、すうっと耳の後ろを爪でくすぐってくる。

「あっ……！」

ゾクッとして、思わず甘い声を漏らす。

香奈子夫人が「ウフフ」と笑みを浮かべて、顔を近づけてくる。

「私はこれからも美穂さんと、女性活躍の場をつくっていきたいと思うわ。自由にやっていきたいのよ」

温かい呼気が首筋をくすぐる。

(いや、ですから、その自由奔放さで困る人もたくさんいるんですよ)

喉まで出かかった言葉を呑み込み、笑みを浮かべる。

「うれしいです。香奈子さんにそんな風に言われて……あっ……」

夫人の手が太ももに置かれた。

ナチュラルカラーのパンティストッキング越しに、太ももを撫でさすられる。

女性のほっそりした手で愛撫されるのは初めての体験だ。

「あ、あの……」

「スキンシップよ。美穂さんって、すごくキレイだわ。艶々したストレートの黒髪も美しいし、睫毛が長くて、それにお目々も大きくて……まるでフランス人形みたいね。こうした活動する強い女性が目立つには、容姿も必要だと思うの。どうかしら、NPOを辞めて内閣の男女参画チームに活躍の場を移してみたら、もっと大きなことができると思うわ。私からも推薦するわよ」

真顔で見つめられた。

そうしながらも、太ももを撫でる手はいやらしく熱を帯びてくる。

これは間違いなく交換条件だろう。

性的なことを求めているのはありありとわかる。香奈子の目が「わかるでしょう？」とこちらに問いかけている。

（意外とこういうところは小狡いのね……）

ハニトラを仕掛ける側としては、願ったり叶ったりの状況ではあるものの、カメラのことが気になってしまう。

それにだ。

いざ、女性と性的な営みをするというのは、今までになく緊張してしまうし、恐怖感がある。

異性ならば、どんな男でもビジネスだと割りきれる。

だが、美熟女ではあるものの、女同士だとどんなことをされるのかと、不安で逃げ出したくなってしまう。

（落ち着いて、美穂）

ごくっと、唾を呑み込んだ。

呼吸を整えたときだ。

顎を持たれて、夫人に真っ直ぐに見つめられる。

「か、香奈子さん……」

声が裏返った。

緊張で身体が震えてしまう。

（カメラは大丈夫なんでしょうね……）

不安だが、さすがにもう逃げられない。

優しく唇が押しつけられる。

（ああ……女性同士でキスなんて……）

学生時代、ふざけて女同士でチュッと軽く口づけしたときはある。

だが、本気のキスは初めてだった。

女性の柔らかな唇が押しつけられて、甘くフルーティな呼気と、リップグロスの味、そしてわずかに香奈子の唾液の味もからんで、濃厚な味覚となって美穂をとろけさせてくる。

（男性とのキスとは全然違う……意外といいかも……）

ぼうっとしていると、唇が離された。

潤んだ瞳の向こう側で、香奈子が妖艶な笑みを見せている。

「美味しいわ、美穂ちゃんの唇……ねえ、女性とのキスって新鮮でしょう？　大丈夫よ、じっとしていれば。私が天国にいかせてあげるから、ウフフ……」

甘ったるい言葉でささやかれて、また唇を塞がれる。

今度は濃厚だった。

赤い唇を押しつけつつ、わずかな口唇のあわいに、ぬめった舌先が滑り込んでくる。

「ンンッ……」

ためらいなく舌が入ってきて、美穂は身体を強張らせる。

それを《気にしないで》というように、香奈子夫人が背中を優しくさすってくる。安心させつつ、キスは深くなる。

（あんっ……舌が、細かく動いて……ううんっ……）

同性だから感じる部分もわかるのだろう。ちろちろと舌は生き物のように口中で動き、歯茎や頬の粘膜を撫でてくる。

「ん……んっ……」

夫人も次第に興奮してきて、鼻声を漏らしはじめる。

舌の動きも同時に激しくなってきて、ついには奥にあった美穂の舌をからめ取ってくる。

（ああん……）

女性に翻弄されたくない、そう思っているのに、くちゅくちゅと唾液の音を立てながら舌をもつれさせてくると、気持ちよくて唇を半開きにしてしまう。

（いやだ……私……いやらしい顔になってる）

そう思うのだが、香奈子の舌の動きは優しくて繊細すぎた。自然と瞼を落としてディープなキスを受け入れ、

「ん……ンフッ……」

と、夫人と同じように鼻にかかった悶え声をあげてしまう。

（いやっ、どうして……）

演技よりも何よりも、翻弄されてなすがままになっているのが恥ずかしい。

香奈子夫人が背中に手をまわすと、それに応えるように美穂も自然と背中に手をまわして、抱きしめつつ情熱的なキスをしてしまう。

くちゅ、くちゅ、ちゅく……れろっ、れろっ……。

唾液をすする音や甘い吐息が漏れ、何度も角度を変えてキスしていると、ゾクゾクした震えが身体の奥から湧いてくる。

口の中は夫人の唾液でねばっこくあふれ、それを交換しているという事実に、脳が痺れていく。

「ウフフ、気持ちいいんでしょう?」

キスをほどいてそんなことを言われ、思わずうなずきそうになる。

いや、うなずかなくとも瞼の落ちかかった表情をしているから、とろけているのがバレているだろうなと思う。

またキスされた。

ちゅるる、ちゅ、くちゅ、ハッ、はあん、んんうっ、ンフッ……。

ホテルの寝室が、女同士で唾液をすする音と口を吸い合う音、そして甘い息づかいで満たされていく。

「ンンッ」

キスをされながら、香奈子夫人に胸をまさぐられた。

細い指でじっくりと揉みしだかれると、

「んふんっ」

と甘ったるい鼻息を漏らし、くびれた腰や、ぷりっと張ったヒップをじりじりと揺らしてしまう。

「もっとして欲しいのね」

夫人は唇を離して、誘うように言う。

そうして、乳房を揉む手つきがさらに強くなっていく。

「あ、あ……」

ブラジャーに乳首がこすれ、湿った声が漏れる。

恥ずかしいのに身体が熱かった。

(やだ、こんなところ撮影されたくない……)

どこで盗撮しているのかわからないが、女性に胸を揉まれてもどかしそうに腰を震わせるところなんか見せたくなかった。

「ねえ、こうして身体を通わせるのが、仲良くなるには一番なのよ。大丈夫よ、私が言えば、いいポジションにつかせてあげるから。美穂ちゃんなら人気が出るわ。きっとマスコミも夢中になる。だから、ね？」

ブラウス越しに乳房をまさぐる手が、熱くいやらしいものに変わっていく。

「はぁぁぁ……」

思わず感じいった声を漏らし、顔をあげたときだった。

わずかに、ベッドから離れたところにあるクローゼットが音を立てた。

夫人は気づかないようだ。美穂は目をこらす。

するとだ。ルーバー扉の隙間に、きらりとレンズが光ったのが見えた。

（えーっ？　あんなわかりやすいところから撮ってたの……）

ホッと安堵するとともに、女性にまさぐられて喘ぐという痴態を撮影されるという恥ずかしさも覚える。

（あんっ……いやっ……ん？）

それだけではなかった。

ルーバーの向こうで、黒い塊がごそごそと動いていた。

……小倉くん、まさか中にいるの？　ウソでしょう……。

3

長いディープキスが終わると、ようやく香奈子夫人はベッドに移動した。

おいでおいでと手招きされる。

撮影されるならまだしも、小倉に直接レズシーンを見られるのは耐えがたい羞恥だ。それでも仕事だと、なんとか恥ずかしさを振り切って夫人の隣に座る。

香奈子夫人は自分のジャケットとブラウスを脱いだ。

ベージュの高級そうなブラジャーに包まれたふくらみが露出する。

さすがに裾野は垂れてはいるが、五十歳にしては十分に張りのあるバストだろう。

(ああ、ホントに女性に抱かれるのね……)

いつもは同性のおっぱいに何も感じない。

なのに今は恥ずかしくて、美熟女の胸元から目をそむけてしまう。

「若い頃はもっとおっぱいの形はよかったのよ」

「あ、は、はあ……そんなこと……」

こういう場合、そんなことありません、キレイなおっぱいです、とでも褒めるべきなのだろうか。

考えていると、香奈子夫人の手が伸びてきた。

器用な手つきで、ぷちぷちと上から順番にブラウスのボタンを外していく。

「か、香奈子さん……」

さすがに両手でブラウスを閉じた。

演技ではなく、恥ずかしくてたまらなかったからだ。

「あら、大丈夫よ。じっとしてて」

妖艶な笑みの中に、有無を言わさぬ迫力がある。

これは意外だった。

おっとりとした柔和な雰囲気だが、押しの強いところはあるらしい。

「ウフフ……」

上目遣いに見つめられながら、手を払いのけられる。

すべてのボタンが外されて、フルカップのブラジャーが露わにされてしまう。

クリーム色のブラだった。

「地味な下着ね。美穂さんだったら、もっと派手な下着が映えると思うわ。今度一緒に買いに行かない?」

「え、あ、ありがとうございます」

ずいぶん気に入られたのはいいが、この感じは一度だけでなく、定期的にエッチしようと言っているようだ。

(いやよ、そんなの……)

美穂は胸のうちで思う。

決して同性を嫌悪する気持ちではない。香奈子はキレイだと思うし、香水を含んだムンとする色香も、ドキッとするほどだ。

拒みたいのはむしろ逆のことである。

最初は同性とのエッチなんて……と思っていた。

だが今は。

我を忘れるほど、気持ちよくさせられるのではないか……香奈子の愛撫に感じてしまう自分が怖かった。

(違うわ、私は男の方が好きなのよ)

そう思うのだが、こうしてセミヌードをじろじろと見られるだけで、身体が熱くなるのを抑えられない。

「ウフフ、どんなおっぱいなのかしら」

香奈子が抱きついてきた。甘い匂いだ。くらっとしているうちにブラのホックが外されて、カップが緩む。

生の乳房が露わになる。

「いやっ……」

手で隠すも、当たり前のようにはねのけられた。

「キレイね……すごいわ。細いのにおっぱいは大きくて……乳首はちゃんと上向いて全然垂れてないのね。乳首も透き通るようなピンクで可愛いっ。あんっ、もう嫉妬しちゃうわ」

香奈子は興奮気味に、まじまじと両の乳房を見つめてくる。

同性におっぱいをじっくりと眺められるのが、こんなにも恥ずかしいとは思わなかった。

（ううっ……）

美穂は唇を軽く噛んで、顔を横にそむける。

恥ずかしいのに、身体の奥がジクジクと疼いている。

あっ、やばい……これって……。

下腹部の変化に頬を赤らめたときだ。

「ねえ、美穂ちゃん。パンティも脱いでもらえないかしら」

言われてハッとする。

「それは……」

「ねえ、いいでしょう。怖くないから。大丈夫よ」

美熟女の熱い視線が、いやらしかった。

だめだと思いつつ、自分でも可哀想なぐらい震えている指先で、スカートをまくり、パンティに手をかける。

（ああ……）

美穂は引きつった顔をさせながら、ベッドの上で座ったままパンストと下着を下ろしていく。

むっちりした生太ももに丸まった下着がからみつく。

ここまではいいが、さすがにそれを脱ぐのは勇気がいる。そのまま動けなくなっていた。

「脱ぎなさい。美穂ちゃん」

夫人の声が厳しいものに変わっている。美穂は仕方なく両手でパンティをズリ下ろしていく。

「う、うう……」

呻き声が自然に漏れる。

羞恥に歪んだ顔をしていると、夫人が頭を撫でてきた。

「いい子よ。そのまま脱いで」

もう言われるままだった。

パンプスを脱ぎ、パンティを爪先から抜き取った。

「脚を開いて……」

「えっ」

「いいから。開くのよ」

美穂は震えながらも、体育座りで脚を開く。

スカートがまくれあがって女の恥部が丸見えになる。夫人はベッドから降りてしゃがんで覗き込んできた。

「毛は薄めで、おま×こも小ぶりなのね。あそこの具合もよさそう」

陰毛を軽く撫でられて、亀裂に指を押し込まれた。

「うくっ」

爪先まで電気が走り、腰が震える。

夫人は大陰唇を人差し指と中指でいじりながら、顔を近づけてきて花心の中央をねろねろと舐めはじめた。

「あンッ」

くんっ、と顎が持ちあがった。

一気に頭の中が真っ白にとろけていく。

目尻に涙が浮かんできた。いやなのに、瞳が潤んでいくのがわかる。

「ウフフ、可愛いわ。うるうるしちゃって。下もうるうるしてるわねえ。美穂ちゃんの発情した匂いっていやらしいわ」

舌先が亀裂の上下を這う。

それだけで腰がとろけそうになり、新鮮な蜜がこぼれるのがわかる。

「あんっ……あっ……あっ……」

信じられないくらい、愛撫がうまかった。

肌が汗ばみ、生々しい匂いが立ちのぼってくる。手で身体を支えることもできなくなった。脚を開いたまま仰向けに寝そべり、美穂は身悶える。

そのときまた、クローゼットがわずかにガタッと音を立てたのが聞こえた。

小倉くん、絶対に興奮してるんだ……。

4

香奈子夫人は、いったんクンニをやめると、スカートを取りさり、ブラジャーもパンティも脱いで全裸になった。

美穂の目の前に、五十歳の熟れた身体が現れる。

太ってはいないが、太ももや腰の肉づきは年齢を感じさせる。だがお腹にたるみはなく、乳房もわずかに垂れてはいるが十分な張りがある。

ただ、乳首の色がココア色なのは熟女らしい。

「香奈子さん……」

いやらしいほど豊満な肉体を見せつけるようにしながら、夫人は美穂に覆い被さり、乳房を細い手で揉みしだいてくる。

「うっ……くううっ」

ゾクゾクと身体が震える。乳首に夫人の乳首がこすれて、女同士のなめらかな肌と肌がからみ合う。

「うは……」

香奈子の赤い舌が、美穂の乳房の先端をとらえる。

上品な口で尖った乳首をチュッと吸い立て、優しく舐め転がしたりする。

乳房の先端はあっという間に唾液にまみれて、乳頭はジクジクと疼いていた。

間違いなく硬くなってきている。

(あんっ、こんなに……)

恥ずかしくて隠したかったが、もちろん許してはくれない。

「ウフフ、もうこんなにおっぱいの先もピンピンになって……」

夫人はその硬く屹立した乳首を、チュウと激しく吸い立てた。

「あうぅぅ!」

美穂の背が大きくのけぞった。双眸は大きく見開かれ、下腹部がわずかにせりあがって、香奈子夫人の女性器にこすりつけてしまう。

(……口惜しいけど、感じちゃう)

気持ちのよくなる部分をわかっているのだろう。

愛撫に強弱をつけて、美穂の性感をこれでもかと揺さぶってくる。

「ハアッ……アアッ……ああんっ」

美穂はもう真っ赤になって、腰をもどかしそうに動かすしかできない。

「ウフフ、可愛いわ……ねえ、私のおっぱいもいじって……」

言われても、女性の乳房を揉んだことはないから躊躇してしまう。

「ねえ、美穂ちゃん。いじってくれたら、あとでうんと気持ちのいいご褒美をあげるわよ」

そのまま手を持たれて、夫人のおっぱいに導かれる。

おずおずと揉みしだくと、

「あっ……ううんっ」

夫人が色っぽい声をあげる。

清楚で優しげな美熟女が見せるエロティックな表情に、美穂はドキドキしながらさらに揉みしだいた。

「いいわ。乳首もお願い」

命令のままに、つまんでやると、

「ハアアアア！」

と夫人は大きく背をそらせて、腰を淫らにせり出してくる。

（あん、どうして、私まで……）

感じまくっている香奈子を見ていると、こちらも興奮し、ついつい乳首に吸いついてしまう。

「ああんっ、いい子ね。下も、下もお願い」

香奈子が仰向けに寝転び、大きく脚を開く。

陰毛は濃くて、肉ビラが大きかった。蘇芳《すおう》色の陰唇が、使い込んだ熟女の陰部であることを見せつけてくる。

わずかに開いたスリットには透明なしずくが光っている。ひどくぬかるんでいて、獣じみた匂いを発している。

（私が、女性のここを舐めるの？）

いやだという一方で、舐めてあげたい欲求にかられる。

美穂は太ももをもじもじさせながら身体をズリ下げていき、自分の母親ほどの年齢のおま×こに顔を寄せていく。

（ああ……）

舐めることを強要される。牝犬のような惨めさがあった。それでも美穂は自分も気持ちよくなりたいと、初めてのクンニをする。

「ああんっ、た、たまらないわっ、もっと、もっとよ！」

歓喜の声をあげた夫人が、腰をのたうちまわらせる。

潮気のある蜜をすくうように舐めれば、ピチャ、ピチャ、と派手な水音が湧き立っていく。

「はアンッ、ああんっ、ああっ」

香奈子が自分の指を噛んでグーンと背をそらす。

色っぽい熟女と、元グラドルが甘い吐息を漏らしつつ、せつなげに悶えている。女同士の舐め合いっこは、悩ましくそそる光景だろう。

恥ずかしいが、もう夢中だった。

もっと感じさせたいと、クリトリスも優しく舌で愛撫したときだ。

「あ、だ、だめ……あ、あ……イクッ、ああんっ、イクゥゥ」

香奈子の身体がビクッ、ビクッと震えた。

驚いてクンニをやめると、香奈子はやがてぐったりとして、ハアハアと荒い息をこぼしてこちらを見た。

「すごかったわ。上手よ、美穂ちゃん」

夫人はベッドから降りると、置いてあった鞄からベルトのようなものを出してきた。

ギョッとした。

ベルトの中心部には、黒光りする男性のシンボルがついていたのだ。

「ウフフ、美穂ちゃんはこれで楽しませてあげる」

「えっ、そ、そんな……」

バイブは使ったことがないから、異物を入れるのは不安だ。

せめて、指や口でイカせてくれないものか。

「たっぷりと、いじめてあげるわね」

香奈子が目を細める。

ゾクッとした。

従わせるような目つきに、美穂は身体を強張らせる。

仰向けにされて、股を開かされた。

香奈子は腰にそのベルトを装着する。熟女の股間から角のようにシンボルが生えている。

異様な光景に、美穂は息を呑む。

「ウフフ……」

夫人は微笑みながら、張り型を濡れた恥部に押しつけてきた。

ググッと入ってくる。

「ああんッ！」

ソフトプラスティックだろうか。

柔らかく、それでいて芯は硬そうな疑似ペニスが、奥まで押し込まれてきて美穂は腰を震わせる。

（お、大きいっ）

体験したことのない太さに、美穂の芯が熱く疼く。

「ウフフ、ペニスバンドが気に入ったみたいねえ」

妖しげに微笑みながら、香奈子夫人はクイクイっと腰をひねりつつ、奥までぬぷりと差し込んできた。

「あっ、アアアアッ、だめっ、香奈子さん、これ……アアンッ」

目の奥が弾けそうだった。

張り出したエラが、濡れた媚肉をこすってくる。

そのたびに快感が身体中を駆けめぐる。

「ああっ、いいいっ！」

美穂はついにはしたない言葉を叫び、汗まみれの肢体をくねらせせる。

「ウフフ、感じている美穂ちゃんの顔、いやらしいわ……」

夫人の声のトーンがあがり、腰の動きが激しくなる。

「あん、ああん、だめぇぇ」

身体は次第にぶるぶると震えていく。何度も白い喉をさらしながら、シーツをギュッと握りしめる。

「いいのよ、もっと気持ちよくなって」

甘い声が耳奥に届く。

続けざまに疑似ペニスでこすりあげられて、身体の奥から何かがせりあがってくるような気がする。

「ああん、私、私、ああン、おかしくなる。なんかくる……！」

もう少しだ。

もう少しで、高みに登れる。

撮影されているという恥ずかしさはあるが、このまま本気でエクスタシーを感じたい。

そう思っていたときだった。

「ウフフ、とても演技とは思えないわねえ。本気で感じてるんでしょう？　あなたはどこにも売らせないわ、私が可愛がってあげる。女スパイさん」

「え？」

夫人の笑みが冷たいものになっていた。

（な、なに？）

いきなりでわけもわからぬところに、部屋のドアがドンドンと叩かれる。

「ごめんねえ、美穂ちゃん。わかってたのよ」

夫人が言いながら、腰をクイクイと動かして、張り型で奥を穿ってくる。

「ああんっ」

思わず感じてしまうが、それどころではなかった。

(あんあん言ってる場合じゃないっ)

やはり、祥子がいなくなったのは誰かの策略だったのだ。

だが、誰が?

わからない。

わからぬままに逃げようとするも、入り口のドアが開いて、若い男が入ってくるのが見えた。

(まずい！)

そのときだった。

クローゼットがバーンと開き、その扉が若い男に当たった。

男がもんどりうって床に倒れる。

「え？　盗撮カメラだけじゃないの？」

夫人が驚いた顔を見せる。

それはそうだろう。誰だって、ドローンやらリモートやらのＩＴ時代に、まさか人が隠れて撮影してたなんて思わない。

（今だ！）

ドンッ、と夫人を両手で突き飛ばす。

ぬるんっ、と疑似ペニスが抜けた。ちょっとせつなさが残るが、そんな場合じゃない。

呆然としている香奈子夫人を尻目に、美穂は小倉と部屋の出口に向かう。

「美穂さん。でも、その格好っ」

小倉が赤い顔でおっぱいをジロジロ見る。

「今はそんなことどうでもいいでしょ」

とりあえずスカートを直して、ブラウスの前を掛け合わせる。

おっぱいは見えちゃうけど、ノーパンはバレないだろう。

部屋から出て、エレベーターに向かう。

若い男が追いかけてくる。歩いている男性客がこちらを見て、目を丸くしている。

エレベーターのボタンを押した。

二十四階の表示だ。ここは二十六階。

あと二階。

やがてチンと音がして、エレベーターが開く。

扉の閉まりかけに男が入ってこようとしたが、小倉がうまく蹴り飛ばした。

扉がぴしゃりと閉じて、エレベーターが下に降りていく。

「はあっ、助かったわ」

ハアハアと息をしながら、小倉に言う。

「ホントはカメラを設置したら、出ていこうとしたんですが、もたもたしてたら戻ってきちゃって……おかげでいいものが見られました」

小倉の股間を見れば、大きく盛りあがっている。

いつもの演技を見られるよりも、何倍も恥ずかしかった。

「それより、なんでバレてるのよ」

美穂はブラウスのボタンをはめて、生おっぱいを隠しながら言う。

「わかりません。でも、完全に僕ら、狙われてますね。とりあえず仁科さんか倉持さんに連絡します」

「礼香ちゃんは？　まさか、あの子がスパイじゃないでしょうね」

美穂が言うと、小倉は「うーん」と唸った。

「たしかに、彼女が来てからですもんねえ。とにかくロビーについたら、仁科さんに連絡……」

「それと、もうひとつ……」

美穂はそう言いながら、小倉にキスをする。

「んん！　な、な、な……」

いきなり口づけされた小倉は、可哀想なほど狼狽えていた。

「ねえ、このまま逃げられたら、私をイカせてくれない？　もうあとちょっとだったのよ」

小倉の股間を握る。

「ぐぎゃっ……」

悲鳴をあげながら、小倉が股間を引いた。初めて小倉の勃起を触ったが、なかなか硬くて立派な気がする。

やっぱり挿入は、ホンモノがいいわあ……。

一階に着いて扉が開いたときだった。

サングラスの男がふたり、待ち構えていた。まわりから見えないように、小さく拳銃を構えている。

（ホンモノ？）

と思ったが、さすがに抵抗する気にはなれなかった。

小倉を見ると震えあがっている。

股間のふくらみはさすがに萎えたようだった。

第四章　若手野党議員と

1

「おっ、寝たみたいだな」

夫の博がベッドに入ったまま、息子の友久の頭を撫でている。

先ほどまで、

「ママと一緒に寝る」

と、だだをこねていたが、疲れて寝てしまったようだった。

礼香は鏡台でメイクをしながら、鏡越しに息子の寝顔を見た。

五歳になり、少し生意気なところが見えてきたが、こうして寝ている顔はまだまだあどけなくて、とても可愛い。

「しかしなあ、なにもこんな時間に出社しなくてもなあ」

夫に言われて、胸がチクリと痛む。

午後九時。

今から会うのは仁進党の平林清史郎だ。仕事とはいえ、彼と寝ることになるのだから、夫の顔をまともに見られないのも当然だ。

（許してね、あなた……）

肩までのミドルレングスの艶髪に、ブラシを入れながらため息をつく。

切れ長で涼しげな目にアイシャドウを入れ、チークと唇には少し派手めな赤色のリップグロスを塗る。

鏡越しに、夫の目が礼香を見つめている。

深夜に泊まりがけで仕事をするだけなのに、バッチリとしたメイクが不審がられているのかもしれない。

（どこか途中でメイクすればよかったかしら……）

清史郎のことは以前から知っている。

真面目な人物だから、少しメイクも格好もセクシャルにしなければ、誘惑に乗ってこないだろう。

白いブラウスもかなりタイト目なもので、身体のラインが丸わかりだ。バストの丸みも、いやらしく浮き立っている。

タイトスカートも、自分の持っている物の中で一番短いものだ。

太ももが十センチ以上見えている。座ればかなりきわどくズレあがって、デルタゾーンが見えてしまうだろう。

三十二歳で穿くにしては、恥ずかしいほどのミニだ。しかも若い頃に買ったものだからお尻もパツパツで、パンティラインが透けて見えるかもしれない。

「あのさ、ママ」

背後から夫に呼ばれて、ドキッとする。

「なあに？」

「いや……なんかさあ……」

夫が背後に立って、すっと首筋にキスをしてきた。

同時に、ブラウスの上から胸を揉まれる。

「あん、あなたっ」

驚いて、思わずはねのけてしまう。

夫は苦笑した。

「ごめんごめん。なんだか妙に色っぽくてさ」

言われて、礼香は複雑な心境になる。

久しぶりに夫に触れられたのはうれしかった。

だが……このメイクも格好も、夫以外の男に向けられたものなのだ。

「ううん、いいのよ」

このまま久しぶりに夫に抱かれたかった。

しかし、もう時間がなかった。

「じゃあ、行くわね」

すっと立ちあがり、ジャケットを羽織る。

「ああ」

夫はまたベッドに戻り、息子の頭を撫でる。

ドアを開けようとしたときだ。

「あのさ」

また呼びとめられて、礼香は振り返った。

「ん？　なあに」

「いや、あのさ……」

夫は逡巡してから、真顔で見つめてきた。

「もし、仕事でいやなことがあったら、辞めてもいいんじゃないかな」

驚きを隠せなかった。

やはり、ずっと見ていてくれたのだろう。

無理矢理にではあるものの、ハニトラで他の男を誘惑する後ろめたさや、つらさ……どんな仕事をしているかは知らずとも、悩んでいることを知ってくれていたのだ。

「ありがとう。大丈夫だから」

礼香はそれだけを言って、寝室のドアを閉める。ローパンプスを履いて玄関を出てタクシーをつかまえ、後部座席に乗る。

行き先を告げて、ゆっくりと走り出したときだった。

鞄のスマホが鳴った。

取り出してみると、仁科からだった。

「なあに?」

『ああ、すみません。お伝えし忘れたかと思って。平林清史郎は第一議員会館にいます』

　礼香は眉をひそめる。

「知ってるわよ、もちろん。そこに向かうんだもの」

『あれ？　言いましたっけ』

　仁科がいつものように呑気に言う。

「言ったわよ」

『平林さんは清楚系の人が好きで、下着も白を好むってことも？』

　デリカシーも何もない言葉に、カアッと身体が熱くなった。

「わかってるわよ！　ブラもパンティも白にしてきたからっ」

　ハッと口をつぐむ。

　タクシーの運転手がバックミラー越しに、ちらりとこちらを見てきたからだ。

（あん、もうっ）

　礼香は通話口を手で隠して、声をひそめる。

「他には？　用がないなら切るわよ」

　そう言うと、仁科が思い出したように『ああ、そうだ』と言った。

『彼とは余計なことは話さないでくださいね。若いわりにいろいろアンテナを張っているようですから』
「了解。切るわよ」
電話を切ってから、何気ない顔で窓の外を見る。
運転手のバックミラー越しの視線が妙にいやらしい気がする。

2

『平林清史郎』と名札のかけられた部屋を訪ねると、清史郎は腕まくりのシャツにズボンと、いかにも忙しそうな風体だった。

「あ、どうぞ」

突き当たりに大きな窓があり、国会議事堂が見える。

前の道路が明るいのは、デモか集会だろうか。

そして、窓の前にはデスクがある。

資料がずいぶん乱雑に置いてあるところを見ると、やはり清史郎は勉強家のようだ。

その手前は応接セット。

奥のドアは秘書室だろう。すでに今日は秘書が帰っていることも調べてあるので、清史郎ひとりである。

「ご無沙汰してます。礼香さん」

清史郎は、礼香をふたりがけのソファにうながした。

（今、私の全身を見たわね）

顔がわずかに上気していたのを、礼香は見逃さなかった。それにタイトミニから伸びた太ももや、胸元にもチラリと視線が来たことを自覚する。

礼香が座ると、彼はペットボトルのお茶を出してきて、テーブルを挟んだ向かいに自分も座った。

「大変でしたね。まさか、政府広報官が政府に逆らうなんて」

言いながら、清史郎の視線がタイトミニのデルタゾーンに注がれたのがわかった。

浅いソファに座っているから、タイトミニがズレあがって間違いなく白いパンティが見えているはずだった。

パンティストッキングを穿いていない生脚だから、生パンティだ。

（ああんっ、はしたないったら……）

しかし、清史郎が真面目なのは知っているから、これくらいしないとなびいてくれないだろう。

(それにしても、可愛いわね……)

三十歳にしては童顔で、丸っこい顔に丸い目で親しみやすい雰囲気だ。可愛らしい顔立ちで人目を引くから、政治家には向いている顔である。結婚しているのに女性人気が高いのもうなずける。

(許してね……)

心の中で詫びながら、礼香は素知らぬ顔で少しくっついていた膝頭を左右に開いた。

彼の視線が、さらにまとわりつくようにスカートの奥に注がれてくる。

「そ、それで、今はどこの部署にいるんです?」

動揺しながらも、彼が訊いてきた。

「え? あ、ああ……今は内閣総務官室にいるの。地味なデスクワークよ」

ハメ担だなんて言ったら、どんな顔をするだろう。まあそんな部署があるのは知らないと思うけど。

「総務ですか……まあでも、もっとひどいことになるのかと思いましたよ。首にするよりももっと……官房副長官の松木さんなんか怖いですもんね」

「あら、松木さんを知ってるの？」

「知ってますよ。以前に研修でお世話になってますから」

「ふーん」

意外なところでつながりがあるものだ。

まあ松木は顔が広いし、あの工藤《くどう》幹事長とともに政府を牛耳っているようなものだ。

「若いうちに、いろいろツテを持っておくのは大切だわ」

「そう思います。貝原先生も引退されたし、僕ら若手が頑張っていかないと」

貝原の名が出て、ドキッとする。

（それは……ごめんなさい、私がやったことなの……）

ハニトラをかけたあと、誰かがそのネタをテレビ局にリークした。

礼香の名前は出なかったものの、結局不倫ネタの反響は大きく、貝原は引退するハメになった。

「で、大事な話っていうのはなんなんです？」

身を乗り出してくる。

しかし、ちらりとスカートの中を覗いたのがわかった。

（気になってるのね）

ここはオーソドックスにいこうと、礼香は手を滑らせたフリをして、わざとペットボトルを床に落とした。

「きゃっ」

「大丈夫ですか？」

床に落ちたはずみで、お茶がスカートと太ももにかかった。

清史郎は慌ててティッシュを持ってきた。

何枚か取って差し出してくれたが、礼香はそれを取らなかった。

「あんっ、ごめんなさいね。カーペットを汚しちゃって」

「いいんです。それより礼香さん、スカートが……」

「濡れちゃったわね。拭いてくれる？」

座ったまま、上目遣いに見つめる。

清史郎は顔を真っ赤にしながら、しゃがんでそっとティッシュでスカートを拭ってくる。

（三十歳には見えないわね。こうして見ると、大学生みたい）

腕まくりしたシャツから見える腕は太い。

たしか格闘技をしていたはずだ。体つきは意外にごつい。だが顔立ちが童顔なので、どうにもアンバランスだ。

「脚も拭いて欲しいわ、太ももも濡れてるでしょ」

「は、はい」

タイトスカートはまくれあがり、むっちりとした白い太ももが露わになっている。彼の目が太ももに釘づけになっている。

「ふ、拭きますね……」

生の太ももに彼はティッシュを当てて、水滴を軽く拭った。

(手が震えてるじゃないの……)

どうにも、からかいたくなってくる。

「ねえ、ちょっとスカート短すぎたかしら。出がけにいやらしいかなあって思って……」

「えっ？」

清史郎の手がとまる。

可哀想なくらい動揺している。

「そ、そんなこと……どうでしょう……で、でもとてもキレイな脚で」

「そう?」

「はい、なんかもう……こうして見ていると色っぽくて……」

清史郎はハッとして口をつぐむ。

「ウフフ、うれしいわ。でもねえ、三十二歳の人妻だと体形も崩れてくるのよねえ。お尻だって大きくなっちゃったし」

「あ、え……いや……そんな……」

真っ赤になって照れている。

見ていると、こちらもドキドキと心臓の高鳴りが大きくなっていく。

(いけないのに……)

これは仕事だと自分に言い聞かせつつ、礼香はいつも「男勝り」とか「勝ち気」と言われるクールな美貌を和らげ、彼の手を取った。

「ウフフ。ねえ、さっきからスカートの奥に視線を感じるのだけど」

「えっ」

清史郎の顔が固まった。可哀想なくらい耳まで真っ赤だ。

よし、もっと過激なことを言ってメロメロにしよう。

礼香は口角をあげて、目を細める。

「私のパンティ、見えちゃった？」

「パ……えっ……パッ、パッ……？」

清史郎があわあわしている。

（あら？　引いちゃったかしら）

なんだか恥ずかしくなってきた。

三十二歳の才色兼備と言われたのに、こんな欲求不満女みたいに年下を誘惑しているなんて……。

羞恥を感じながらも、礼香はさらに脚を開く。

タイトスカートはさらに持ちあがる。

奥に白の布がちらりと覗けているはずだ。

（あ、今のは、完璧に見たわ）

カアッと顔が熱くなる。

淑《しと》やかな熟女を演出するために白い下着で、デザインも色もかなり地味なものだった。

特に華美でなく、普段使いのパンティだ。

生活感を出したパンティの方が、興奮を煽ると思ったからだった。

(ああ……スカートの奥が熱いわ)

股の中心部が汗ばんでいる。

食い込んでいるかもしれない。

それに、匂いもだ。

大人の女性を演出する香水をまとった濃い色香とともに、スカートの奥から生々しい匂いも鼻先をかすめてきて、ますますドキドキが強くなる。

(あっ、でも……)

しゃがんでいる清史郎の股間が、盛りあがっている。

悩ましい隆起に逞しさを感じた。

(あんなに大きくなるのね)

その視線に気づいたのか、彼は左手ですっと股間を隠した。

何も言わなかったが、見つめていると、

「あの……すみません」

うつむいていた清史郎が、立ちあがろうとした。

「待って」

右手を引き寄せると、彼はバランスを崩してソファの隣に腰を下ろした。

至近距離でじっと見つめる。彼が目をそらした。

「あ、あの……あっ！」

すっと礼香の手が股間を撫でる。

ちょっと触れただけで、淫靡な熱と硬さが伝わってくる。身体の奥から、せつなさがこみあげてきて、キュンとしてしまう。

「い、いけません……礼香さんはその……結婚してるし、僕も……」

「わかってるわ。でも、私……夫とはもう、だめなの。今回のあの事件で、家庭内もギクシャクして寂しいのよ」

口からでまかせとはいえ、なんて浅ましいのか。

それでも股間を撫でていると、彼は狼狽えながらも見つめ返してくる。

「でも、いけないです。こんなこと……」

「わかってるわ。いけないのは私なの。私がガマンできなくなっただけなの。あなたは悪くないの。私が清史郎くんを使って、すっきりしたいだけなの」

「それは……ああ……」

強く撫でると、清史郎はかすれた声を漏らして腰を震わせる。

ふくらみがビクッ、ビクッと震えている。

触りながら見あげると、彼は欲情にかられた目つきをしていた。

年甲斐もなく、礼香の胸はさらに高鳴る。彼のベルトを外して、ズボンのスラックスを下げていく。

「ああ、礼香さんっ、だめです」

そう言いつつも、抵抗する気力は弱々しかった。

本当はして欲しい、ということが伝わってくる。礼香はおもむろに彼のパンツとズボンを下げる。ぶるるんと屹立が飛び出てきた。

（なんて大きいの……）

細く滑らかな指で、優しく握りこんだ。

「うっ！」

それだけで切っ先から、熱い汁が垂れてくる。

分泌液が礼香の手を汚し、ゆっくりとこすると潤滑油のようになって、手コキのスムーズさを助けてくれる。

（ああん、すごく濃い……蒸れた匂いがする……）

男の体臭と獣臭が、性本能を呼び起こしそうだった。身体の奥が熱くなり、じんわりと腋窩に汗が滲む。

(だめよ、これは演技なんだから……本気になんて……)

そう思うのに、礼香はハァと甘い吐息を漏らし、そっと瞼を伏せる。

「ああ……礼香さん。気持ちいいです。でも……」

ハアハアと欲情にまみれた吐息をつきながら、清史郎は困った顔を見せる。

「何も言わないで。もっと気持ちよくなって……」

(私も……気持ちよくなってるから……)

割れ目の奥がジクジクと疼く。温かな愛液が女芯からとろとろとあふれて、パンティにこぼれた感触があった。

(ああん、いや……)

先日の貝原のときからおかしくなっている気がする。

久しぶりだから、昂ぶっているだけなのか……それとも本当に欲求不満だったのか……。

身体の変化を感じているときだった。

ソファの隣に座る彼が、両手をすっと伸ばしてきた。

(えっ……?)

胸元のボタンを外されて、白いブラジャーに包まれた双乳が露出する。

「ああっ、すごい……大きいっ」

清史郎がブラ越しの乳房を揉みしだいてくる。

「あ、あんんっ」

いきなりそういう気分になったのか、礼香は身を震わせる。つかんでいた肉棒が、うれしそうにヒクヒクと脈動する。

(何この子……意外に大胆じゃないの……)

震えながらも、礼香は手コキを再開する。

清史郎はさらに大胆になり、ブラジャーをズリあげると、おっぱいを直にやわやわと揉んできた。

「くうう、礼香さんのおっぱい、大きくて柔らかい……です」

「ああんっ……いきなりそんな……ううんっ」

汗ばんだ手で、ムギュ、ムギュ、と押しつぶされると、うっとりと瞼が半分落ちてきてしまう。上手とは言わないが、激しい男の欲情が伝わってきて、身体の奥が熱く疼いていく。

彼はぐいぐいと乳房を揉みながらも、親指と人差し指で硬くしこった乳頭をいじってきた。

「あんっ」

ツンとした電流が走り、思わず背をそらせてしまう。

その反応を見た清史郎が、うれしそうな表情をつくる。

「礼香さんの感じた顔、可愛い」

「あん、もう……そういうこと言うのね」

礼香はガマン汁でぬらつく勃起に指をからめたまま、前傾した。

彼の股間に顔を埋め、紅い唇を大きく開いて切っ先を頬張っていく。

「れ、礼香さん……だめです、汚いっ、くうう……」

腰の震えがダイレクトに伝わってきた。

(やっぱり大きい……それに苦い……)

生魚のような臭いと、しょっぱい塩味が口の中に広がる。

だが、彼が悦んでいると思えば、まったくいやな感じはしなくて、むしろ愛おしくてもっと舐めたくなってしまう。

(ああんっ、だめだわ、私……)

仕事と言い聞かせているのに、女の悦びがあふれ出てしまう。

なんとか自重しようにも、逞しい肉棒を舐めれば舐めるほどに身体の奥が熱く疼いていく。

(いや……パンティ、濡れちゃう)

破廉恥だと思いつつも、礼香は目を閉じて唇をすぼめ、舌をからめて切っ先を吸いあげる。

「くううううっ」

清史郎が唸った。

かなり気持ちいいらしく、乳首のイタズラがやんで、彼の手はソファの背をつかんでいる。

礼香は頬張りながら上目遣いに清史郎を覗く。

彼は咥え顔をじっと眺めていた。

(やだっ、すごいうれしそう)

恥ずかしさがこみあげる。

だが、そんな羞恥をうけても、パンティの奥の媚肉が熱くただれていくのをとめようがなかった。

礼香はそっと目を伏せて、吸引を続ける。

顔を前後に打ち振ると、口内でピクンピクンと、うれしそうにペニスが脈動する。

（ああん、まだ大きくなるのね）

顎が外れそうな太幹を頬張り、舌先でちろちろと尿道口を刺激する。

「うわあぁッ、だ、だめですっ、礼香さん」

清史郎が、ガクガクと震えた。

（んふっ、出ちゃいそうね）

愛おしかった。もっと気持ちよくさせたいと、礼香は唾をあふれさせ、ジュプ、ジュプと音を立てておしゃぶりに没頭する。

「くうう、うう」

彼の悶える声を聞いていると、自然と舌遣いに熱がこもっていく。

礼香は形の良い眉をハの字にしながら、

「ううん、うふぅ……」

と、甘ったるい鼻息を漏らし、黒髪を振り立てながら口唇を滑らせる。

「うぐぐ……」

相当気持ちいいのか、清史郎が腰を大きく前後させてきた。

強く突かれて、切っ先が頬粘膜をこすってくる。

（ああんっ、強くされるの、いい……）

おしゃぶりしているだけなのに、子宮を熱くさせ、とろみを下着の内側に垂れこぼす。

（だめっ……私ったら、こんなに濡らして……おかしくなりそう）

フェラチオがどんどんと情熱的になってしまう。

するとだ。

清史郎が肩を叩いてきた。

「ああっ、だめですっ、出るっ」

彼は礼香の頭を両手で持ち、引き剝がそうとした。

（あんっ……いやっ……最後までしてあげたいっ）

そこまでするつもりはなかったのに、もう全身がとろけきっている。

礼香は清史郎の腰をつかみ、さらに前後に顔を打ち振った。

「ああっ、れ、礼香さん……もう、僕……」

肉傘が口内でググッと持ちあがる。

「で、出る……うう！」

口腔で切っ先が爆ぜ、濁流のような精が一気に放出された。
（熱いのが喉の奥まで……ああんっ）
注ぎ込まれる若精が、口いっぱいに広がる。鼻をすんとすると青臭さが鼻先に漂った。
（……オクチからあふれそう）
ティッシュに吐き出そうと思ったが、こぼれてしまいそうだった。
礼香は思い切って、喉をこくこくと鳴らして精液を流し込む。
（ツンとして、すごい臭い……それにとろみがすごい……）
喉につまりそうだが、なんとか唾で嚥下する。
ようやく飲み下してから、唇をペニスから離す。
驚いたのは、彼のがまだ半勃ちだったことだ。

3

「あ、やんっ」
ふいに清史郎に抱き寄せられ、礼香は思わず声をあげた。

「礼香さん、可愛い」

ソファに押し倒されて、のしかかられる。

(口だけでは、おさまらないのね……)

いけないことだと思うのに、気持ちが華やいだ。

鞄の中にあるビデオカメラには、フェラシーンがおさめられていると思うが、それだけでは弱いかもしれない。

ならば、やはり身体を重ねるべきなのだろう。

いろいろ考えているうちに、丸っこい顔が近づいてきた。

「……礼香さん……」

「え……ンンッ」

いきなりキスをされた。すぐに舌も入れられる。

(あんっ……激しっ……)

くちゅ、くちゅと音を立て、舌が口中を舐めまわしてくる。

「んっ、んむっ……」

(んふんっ、くすぐったい……)

稚拙な舌の動きに愛おしさを感じる。

礼香も舌をからめて、息苦しいほどディープなキスに興じる。

温かな呼気が混じり合い、彼の唾が口中に入ってくる。

「んっ……」

礼香は喉を開き、こくんとそれを飲み下した。精液の次は唾を流し込まれ、ゾクゾクした恍惚感が湧きあがる。

口づけをしながら、同時に彼の手が乳房にかかる。

押しつぶすようにギュッと鷲づかみして、指を食い込ませてくる。

「んく……」

わずかな痛みがあるが、それすらも快感だった。

「ねえ、もっと……すくうように、そ……あん……んっ」

キスをほどいて指導すると、清史郎は言われたとおりに、左右の乳肉を包み込むようにしながら、優しく揉んでくる。

「あんっ……んんっ」

わずかに痛みのあった部分を、今度はソフトに揉みしだかれる。その強弱がたまらなかった。

握りこまれた指の隙間から、むくむくっと赤い尖りが押し出され、彼の指腹がそれを軽く弾いた。

「んんッ！」

胸の先から乳腺を辿り、甘美な電流が送り込まれる。

鼻息を荒くした清史郎は、ハアハアと息を乱しつつ、乱暴に乳房の頂を舐めしゃぶってきた。

「んふぅぅ！　ああン……」

チュウッ、と音を立てて乳首を吸われて、疼きが背筋を駆けあがる。

（……もうだめっ、ガマンできない）

すがるような目で見つめる。

「ああ、私……」

言うと、清史郎はすぐに察したようだ。早く入れる準備をして、と。

たどたどしく自分のスラックスとトランクスを脱ぎ飛ばし、礼香のタイトミニをめくりあげる。

彼の手がパンティにかかる。

大きなお尻の丸みにひっかかりながら、小さな布がズリ下ろされた。縦溝がツゥーと、透明な糸を引いたのが見えた。

（やあん、こんなに濡らして……）

恥ずかしがっている間もなく、剝き出しの両脚を広げられる。

荒い鼻息が恥毛にかかった。

顔を近づけて細部までじっくりと観察されている。

「ああ、すごい……こんなに濡らして……」

声を震わせながら、清史郎が指で割れ目をくつろがせた。

「あふんっ」

奥までじっくりと見られているのに、愛液がとろりとこぼれてしまうのが、みっともなかった。

だが、さらに指で執拗にいじられれば、

「はんっ、くぅぅ……んぅぅ」

せつない喘ぎがはしたなく漏れてしまうのをとめられない。

彼の指はさらにねちっこく蜜口を愛撫してくる。肉ビラの中に、温かなうるみが湧きあがった。

「ん……ん……」

震えるほど気持ちいい。

女体がソファの上で大きくそった。

今度は指先が蜜口にひっかかり、そのまま滑るように膣孔を貫いた。

「……あんッ！」

いきなり指を入れられて、全身が強張った。

浅く前後にこすられていくと、せつなさが広がっていく。

ふたりともが既婚者で、許されないことだとはわかっている。おそらく彼も夫婦仲は悪くないのだろう。

だが、欲情を孕んだ目が「もうガマンできない」と訴えている。

自分もそうだった。

仕事でも演技でも、そしてただ快楽を貪りたいだけでもなく、純粋に彼とつながりたいと思ってしまっていた。

（ああ……だめなのに……）

仁科や貝原のときは、ただ昇りつめたいだけだった。

だが、清史郎の拙い愛撫や真面目さには、愛しさを感じてしまう魅力がある。

硬い勃起が股の間をくぐってきた。

女の潤みを二、三度強くこすりあげてくる。

「れ、礼香さん……」

清史郎が泣きそうな顔で見つめてくる。

「ああ……清史郎くん……」

礼香も潤んだ瞳で見つめ返す。

屹立の先が蜜口に嵌まった。先がメリメリと押し広げてくる。

「あんっ、いやっ、……んんぅっ」

腰から力が抜ける。剛直が埋まってくる歓喜に身体が震えた。

清史郎は腰をつかんできて、己の腰をググッと送る。

潤みきった秘部は、相手の生殖器を受け入れて、あっけなく広げられていく。

「あっ、んぅぅ……くぅぅぅ！」

（ああっ……清史郎くんが……私の中に……）

全身にまったく力が入らなくなる。

「うう、気持ちいいっ」

彼も相当興奮しているのだろう。

膣奥まで、一気に肉棒を突き刺してきた。

「んんっ、ああン！」

彼の先端が、いまだかつて届いたことのない深い部分をえぐった。

「そ、そんな奥まで……んぅぅ、はぁぁ」

背筋をゾクゾクと這い回る甘痒い快楽に、どうしても喘ぎ声がとまらない。

(ああっ、感じちゃう……私の中が支配されちゃう)

膣中でピクンピクンと脈動するペニスが、なんとも可愛い。

「くうう、たまらないですっ」

清史郎は前傾して、本能のまま腰を揺すってくる。

「あっ、ダメッ……ン」

灼熱の勃起が、激しく膣内を穿ってくる。

腰を引かれたと思った瞬間、グッと奥まで一気に突き入れられる。

あまりの衝撃に、目の奥がちかちかした。

「んぅぅ、あん、やぁぁん、そんな、そんなにいきなり……!」

激しいストロークに乳房が弾み、汗が飛び散る。黒髪が乱れて頰に張りついている。

それを彼は指ですいてきた。

「とろけ顔が可愛いです、礼香さんっ」

恥ずかしい台詞に、身体が熱くなる。

「な、何を言ってるのよ……」

彼の顔も汗まみれだった。

少しウェーブした髪が、彼の額にへばりついていた。それを礼香が同じように指ですいてやる。

「礼香さん……」

汗まみれの身体同士は、いよいよとろけ合うほど密着し、どちらからともなく激しく口を吸い合った。

「んんうっ」

腕も首筋も汗が浮き、男と女の体臭と、それに性臭が混ざり合う。

「くうう、そんなに締めつけて……礼香さん、気持ちいい……僕、もう出ちゃいそうです……くぅ」

キスをほどき、呻きながら清史郎はさらに腰を激しく使ってくる。

ズンズンと打ちつけられるたびに、子宮がキュンと疼いて腰が砕けていく。

激しすぎる悦楽に耐えられなくなって、礼香は必死にしがみついた。

「ああン……お願い、ギュッとして」

膣粘膜が摩擦でとろけそうだった。

性感がじわりじわりと高められて、女の至福があふれ出る。

「んふっ……私も……ああん、イっちゃいそう」

怒張が、さらに深く差し込まれる。

抽送の速度は速くなり、内臓まで揺さぶられる。大きく広げられた脚は小刻みに痙攣し、爪先が丸まった。

「も、もう耐えられないです。僕、僕……」

礼香の中で肉棒がふくらむ。彼の声が切羽つまったものに変わり、可愛らしい顔が歪んだ。

（あの濃いのを、注がれるのね。ものすごい量を子宮に流し込まれる）

だが、貝原や仁科のときのような嫌悪感はなかった。

ピルを飲み過ぎてもいけないと言われているが、それでも……彼には好きなように吐き出させてあげたかった。

「大丈夫よ、たくさん出して」

安心させたつもりだが、清史郎は心配顔だった。

中出しに躊躇したのだろう。

礼香は耳元でささやく。

「……ねえお願い。熱いのをたっぷり注いで」

恥ずかしい哀願だった。

彼は再び力強いストロークで、打ち抜いてきた。

ソファがギシギシと音を立てて激しく揺れる。何度も激しく突きあげられ、頭の中が真っ白になっていく。

「れ、礼香さんっ、で、出るっ……!」

彼が叫んだ瞬間、蜜壺の中で熱いものがしぶいた。肉傘が脈動しながら大量の精を放出する。

膣襞にじんわりとザーメンが染みいっていくようだった。

「あん、熱い……私もイクッぅぅ、んうっ」

腰が無意識にビクビクと震える。

何かが自分の中で爆発したようだった。

4

やがて長い射精が終わり、汗まみれの清史郎が顔を上げた。

「す、すみません……」

「……謝らないで。いいのよ」

礼香は優しく微笑む。

本当に謝らなければいけないのは、自分だ。

これから彼は、この一夜の過ちをネタに与党に協力しろと迫られるのだろう。

(やっぱり、納得できないわ……)

礼香はブラジャーとパンティを身につけながら、尋ねた。

「ねえ……清史郎くん」

これはなかったことにしよう。

失敗したことにして、このことは他言無用で、と彼に釘を刺そうとした。

「あの、礼香さん」

その言葉を遮り、彼が先に話しかけてきた。

「あの、僕……おそらく、仁進党を辞めると思います」

「は？」

予想しなかった言葉に、礼香は啞然とした。

「とりあえず仁進党をやめて、工藤幹事長の派閥に入り、同時に親政党に入党する予定です。まあこの秋の選挙で、親政党がどれくらい勝つかで、入党の時期は変わりますが……」

言われて、礼香はあせった。

「それを親政党の人間は知ってるの？」

「もちろん。幹部連中はみんな知ってますよ。だから、来年からはいろいろご一緒することになるかと……あ、これはオフレコですよ」

頭の中でぐるぐると考えがまわる。

「あの……清史郎くんは仁進党で、青年部を率いてて……これからもずっと仁進党でいくつもりでは……？」

礼香が尋ねる。

彼は「うーん」と考えてから、口を開いた。

「仁進党を裏切る形になるのは、ホントに申し訳ないと思ってます。でも、仁進党の幹部は政府批判ばかりで政権を取る気がないってわかったから……本気でこの国を変えるなら、親政党に入って改革するのが手っ取り早いかなって」

おかしい。

仁科の話だと、平林清史郎が政権にとって邪魔だから、ハニートラップをかけろと言っていたのだ。

だが清史郎の話が本当だとすると、清史郎は政権の身内になるはずで、ハニトラをかける意味がまるでない。しかも幹部連中はみなその話を知っているらしい。だったら、清史郎にハニトラを仕掛けろという命令は、へんだ。

(何かがおかしいわ……)

ハメ担はあくまで、政府与党である親政党の邪魔をする人間たちを、文字通りハメて飼い殺しにするのが仕事である。

だが。

仁科から下りてくるターゲットは、明らかな政府与党の敵というわけでもないようで、いったいどうなっているのか……。

「……礼香さん、あの……いったいどうしたんですか？」

清史郎が心配そうな顔をする。

不穏な空気を感じ取ったのだろう。

「……清史郎くん、ごめん……あとでちゃんと話すから」

着替えた礼香は、議員会館を出た。

国会議事堂前では、まだデモが行われている。

五十人くらいで「富川政権、退陣！」と声を張りあげている。

いつもの光景だが、これがメディアを通すと、

「数百人が声をあげてます」

と、迫力の絵になるのだから、たいしたものである。

少し静かな場所に行こうと、国会議事堂とは反対側の図書館の前まで歩いていく。

すでに国会図書館の門は閉まっており、人気《ひとけ》もない。

ハメ担の本部にスマホで連絡をとると、上条静香が出た。

『あれ、どうしたんです？　何かありました？』

静香が呑気な声で言う。ぼりぼりと音がするのは、煎餅か何かだろうか。

「仁科くんは？」

『えーと……《報道ギャラクシー》に行ってますね』

報道ギャラクシーは、夜の時間帯にサラリーマンをターゲットにニュースを放送している大洋テレビの看板番組だ。

「なんでそんなところに？」

『番組チェックですよ。たまに内諜の人たちと行くんです。政府批判の多い番組ですけど、本当にマズいことを言ってないかどうか。内諜が全部の番組をチェックしてるのは知ってますよね』

「知ってるわ。でも、あんなの、適当に流して見てるだけでしょ。それこそ番組に文句言ったら、圧力とか言って叩かれるし」

『でもまあ、本当のところは、キー局も政権の言いなりみたいですよ。広告代理店経由で、かなりの広報予算が流れているらしいし』

「かなりっていっても、一億ぐらいでしょ」

『仁科さんは、官房機密費をかなり使っているって言ってましたよ。あれ？　あんまり言っちゃいけなかったのかな』

呆れた。

たしかにそんな噂はあったが、本当に使っていたとは。

（これじゃあ、支持率が下がるのに時間がかかるわけだわ）

どこまでマスコミと政権がつながっているかは詳しくは知らなかったが、裏ではかなりツーカーらしい。

それにしてもだ。

仁科はなんでそんなに詳しいのだ？

おちこぼれの自衛官で、ハメ担なんていう閑職に追いやられた立場ではなかったのか。

「じゃあ、電話には出ないわね。私も行ってみる」

「なにかあったんですか？」

さすがに静香にも、慌てた様子が伝わったのだろう。声が急に真面目なトーンになった。

「静香さん、なにか仕事は入ってる？」

『え？　えーと、ジャーナリストの川本世史郎《かわもとよしろう》って人に近づけって』

やはりおかしい。

川本世史郎は、今の政権を擁護しているジャーナリストだ。普通は左寄りの報道番組には出られないのだが、うまくコネを使って、いろんなテレビ局を渡り歩いているらしい。

どうやら政府の幹部と近い関係らしく、政権の擁護にまわることも多い人間である。

だから政府としては、この人にハニトラを仕掛ける意味もないはずだ。

「静香さん、その仕事、ペンディング」

『え、どうして？』

「詳しくはまた話すから。それと、私の携帯、ＧＰＳで確認しておいて」

『はい？　何かあるんですか』

「うん。念のため……もしかしたら、ＳＯＳを出すかもしれない」

『ええ？　わ、わかりました』

電話を切る。

やはりへんだ。

仁科が言うターゲットがおかしいのだ。

いや、官邸側から下りてくる人選が変なのか。

（何が起こってるのかしら。祥子さんの失踪と関係ある？）

祥子がいなくなったのは、やはり何かに巻き込まれたのだろうか。

となるとだ。

美穂の身も気になる。

電話をかけてみたが、つながらなかった。

（まずい）

やはりハメ担は狙われている。

人気のない道は、危ないと思った。

早く交通量の多い永田町の駅の方に行こうとしたときだ。

背後から、ぬっと腕が出てきた。

あっ、と思ったときには大きな手で口を押さえられ、礼香は図書館の敷地内に連れ込まれてしまった。

第五章　淫らな謀略

1

「ウッ！　ムウゥゥゥ！」

礼香は目を見開き、必死に暴れた。

(誰、誰なの)

薄暗い電灯の中で、ひとりの男が礼香の口を塞ぎ、もうひとりが脚を持っているのがわかった。

「だ、誰っ、ムウッ！」

叫ぼうとしても、大きな手で口を塞がれている。

図書館の裏口の柵はクルマが入らないようにしているだけで、簡単にまたげる高さだった。

男たちは礼香の身体を持ち、そのまま閉館した図書館の敷地内に入っていく。

玄関前は緑の木々に囲まれた中庭があり、男たちはそこの芝生の上に、礼香を放り出した。

「……ンウッ！」

叫ぼうとしたら、細くなったタオルを嚙まされて、きつく猿轡をされた。

両手をねじられて背中にまわされ、うつぶせに芝生に押し倒される。

後ろ手に縄のようなものがかけられた。両手はひとくくりにされて、強く縛られてしまう。

（な、なに……誰なの？）

祥子たちと同じ、ハメ担を襲った連中の仲間だろうか。

礼香は目をこらす。

男たちはヘルメットをして、首にバンダナを巻いている。服装は作業着で登山に使うようなブーツを履いている。

（あ、あれ？　デモしてた人……？　どうして……）

わけがわからぬままに、うつぶせに押さえ込まれ、タイトスカート越しにヒップをまさぐられた。

「へへ、美人広報さんは色っぽいケツしてるじゃねえかよ」

「さあて、ちょっとお仕置きしてやろうかなあ」

男たちがグへへと下品に笑う。

(私のことを知ってる？)

やはり、ハメ担をつぶそうとしている勢力なのだろうか。

それにしては、やり方が稚拙で乱暴に思える。

とにかくだ。

男たちの狙いは、自分の身体らしい。

(たしかにもう私の身体は汚れているけど……こんな男たちの好きになんかされたくない)

礼香は必死に抗う。

しかし、後ろ手に縛った縄も、口に嵌められたタオルも外しようがなかった。

「ふふんっ、そんなお尻を振って、おねだりかい？　エリート官僚さんの尻振りってのはそそるねえ」

「へへ、三十二歳の人妻かあ。お勉強ができるだけじゃなくて、ムチムチの色っぽい身体してるじゃねえか」

タイトスカートがまくられた。

純白のパンティに包まれたヒップが露わにされ、礼香は、

「ムウウッ！」

と、くぐもった呻き声を漏らして、必死に身悶える。

「へへへッ、たまんねえなあ。でかいケツしてるじゃねえかよ」

「パンティが白ってのがいいねえ」

ふたりの男が笑いながら、下着越しの双尻を撫でまわしてくる。

「ウッ、ムウウッ……」

叫び声を出そうにも、タオルを嚙まされていては無理だった。

必死に呻くのだが、男たちは礼香の発する籠もった叫び声すら、楽しむようにニヤニヤと笑っている。

「しかし、こんないい尻なんて、旦那ひとりじゃもてあますだろうに」

「まったくだなあ。へへっ、だからよお、美人官僚さん。俺たちがたっぷりと可愛がってやるからな。ぐへへ」

男の手がパンティにかかった。

「ムーッ！」

うつぶせのまま、首をねじるようにして男たちを睨みつける。

「おーっ、いいぜ。その勝ち気な顔がさあ。観念されたら面白くねえ。強い女を犯すってのがたまんねえんだ」

なんという卑劣な男たちか。

礼香は必死に身体を動かすも、ふたりがかりで押さえつけられてはどうしようもなかった。

（脱がさないでっ……あ、いやああ！）

男の手によって、パンティが剝かれ、くるくると丸められながら太ももを降りていく。

「ムウッ！　ウウッ」

（ああん、いやあ……見ないでっ）

下半身を丸出しにされ、ヒップはおろか、排泄の穴や女性器までも知らない男たちに眺められるのは、死にたいほどの羞恥だ。

だが、恥ずかしいのはそれだけではない。

「おやあ？」

片方の男が、尻奥に鼻を寄せて、クンクンと嗅いだ。

「おま×この臭いに、ザーメンの臭いが混じってるぜ」

「なにい？」

もうひとりの男も嗅いできた。

「……ホントだ。なんだよ、旦那と一発やってからきたんか」

「いや待てよ。旦那と一発なら、シャワーを浴びる時間くらいあるだろう。たった今ヤッてきたばかりでシャワーも浴びてないなら、おそらく旦那以外の男とお楽しみだったんじゃねえか？」

その通りだった。

慌てて清史郎の部屋を出てきたから、ティッシュで股間を拭っただけである。おそらく精液だけでなく、彼の痕跡が身体のあちこちに残っているだろう。

礼香はたまらず顔を振り立てる。事後の身体を見られることも、死にたいほどの羞恥だった。

「へへっ、こんな真面目そうな顔をして、お盛んかよ。それじゃあ遠慮はいらねえな。俺たちとも楽しもうぜ」

「この男汁の臭いが消えるほど、うんと濃いやつをたっぷり注いでやるぜ」

腰を持たれ、引きあげられた。

裸の尻を高くかかげ、こめかみを芝生につけたままの屈辱の格好をとらされる。

両手は背中で縛られているから、まるで土下座しているポーズだ。

「生意気な女は、まずはバックから一発だな。後ろからでかいのをぶち込まれたら、抵抗する気もなくなるだろう」

カチャカチャと背後でベルトを外す音がした。

「ンムゥゥ、ムウウッ！」

見ず知らずの男の性器を挿入される。

あまりの恐ろしさに死に物狂いで抵抗するが、やはり力ではかなわない。

押さえつけられて、また腰を持たれた。お尻を高くあげた挿入おねだりポーズを強いられる。

「へへ、どうせ抵抗できねえんだ。楽しもうぜ」

指で花ビラをいじられた。

「ムウッ……」

くぐもった声を漏らしつつ、礼香は尻をくねらせる。

「おっ、濡れてるじゃねえかよ。興奮してるのかい?」

男がうれしそうに笑っている。

(違う、違うわっ……)

先ほど清史郎に抱かれたばかりで、その余韻が残っていた。

乱暴な男の指でも、敏感な場所を触れられれば膣奥が疼いて、蜜がこぼれてしまうのだ。

「おい、くらもちさんが待ってるんだぞ、早くしろって」

「わかってるって」

(くらもち……?)

ふいにあの倉持の顔が浮かんだ。まさか、同姓なのか。

そんなことを考えている間に、硬い剛直が尻奥をなぞった。

「ムーッ!」

眉間にシワを寄せ、歪んだ顔で何度も首を振る。

(だめっ、だめよ!　いやあああ)

そのときだった。

鞄に入っていたスマホが、いきなり鳴った。そうか、この男たち……スマホを調べなかったんだ。

2

男たちが慌てて、礼香の鞄を漁ってスマホを切る。

「なんで切らなかったんだよ」

「あんまりいい女だから、興奮して忘れちまったんだよ。大丈夫だ、さっさと犯ろうぜ」

男たちがまた、のしかかってくる。

(ああ……あなた……)

観念しかかったときだ。

「礼香さん!」

名を呼ぶ声がした。首をひねって見れば、がたいのいい男が立っている。

(誰……?)

薄暗い中でも、丸顔が見える。

清史郎だった。

「おまえら、何してる！」

彼は素早く男の襟首をつかみ、顔面にパンチを入れた。

「うがっ」

男が痛みに顔をしかめて、くずれ落ちる。

清史郎はすぐに逃げたもうひとりを捕まえて、戻ってきた。ふたりを交互にぼこぼこに殴っていく。

「痛い、痛いっ、や、やめてっ」

ふたりが泣き出した。

あれ？　なんだこんなに弱かったんだと、拍子抜けした。

「よかったですよ、なんか様子が変だなあと思って、追いかけてきて……まさか目の前でスマホが鳴るなんて」

清史郎は言いながら、礼香の猿轡を外した。

「あー、ホントに助かったわ」

「間一髪でした……あれ？　おまえらは……」

清史郎が礼香の縄をほどきながら、男たちの顔をまじまじと見る。

「や、やべえ」

男たちは慌てて逃げる。清史郎は追いかけるが、捕まえられなかったようで、すぐに戻ってきた。

「知ってるの？」

清史郎に尋ねる。

「まあ知ってるといえば……さっき議事堂前でデモがありましたよね」

「ええ」

「あれ、いつも同じメンツなんですよ。ウチの党にもよく来るんで、顔なじみになっちゃいました。たしか『虹色スマイル』ってＮＰＯ団体の連中です」

虹色スマイルは、女性の人権を守ろうってスタンスだが、実際は左翼の活動家たちだ。

「なんでそんな人たちが私を襲うのよ。あきらかに、私と知って狙ってきたのに」

礼香は清史郎の影に隠れ、パンティを穿き直しながら言う。

「たしかにへんですねえ。反政府の人間にとっては、与党の要求に逆らった礼香さんは、仲間うちなんですけどねえ」

「……くらもち、さん……まさかねえ」

先ほど男たちが言った名が、妙にひっかかっていた
「くらもち？　誰ですそれ」

「私、行くわね」

通りに出ようとすると、彼が呼びとめた。

「どこに行くんですか？　僕にも教えてもらえませんか？」

どうしようかと思ったが、もうこれは清史郎を引き込むしかないなと、計算が働いた。


「ハメ担？」

タクシーの後部座席で、清史郎は小声で驚いた。

「まさか……そんなヤバイ部署が……」

「知ってるのは古参議員だけだって。仁進党も使ったことあるらしいわよ」

すべてを話すと、清史郎は複雑な表情をした。

「じゃあ、僕も、ハメられそうになったわけですね」

「……うん、でも……」

そこまで話して、清史郎ががっかりしているのが目に入る。

自分の家族を守るために、清史郎をハメようとしたのはたしかだった。

「ごめんね」

謝らない方がいいとわかってはいるのだが、言わないわけにはいかなかった。

「……わかりました。でもまあ、礼香さんとその……エッチできたなんて、得した気分ですよ」

乾いた笑いをする清史郎には、本当にすまないと思う。

「で、そのハメ担がおかしな事になってるってわけですか」

運転手に聞こえないように、清史郎は声をひそめる。

「そう。ひとつの説は、仁進党が選挙前に政権にダメージを与えようと、捨て身でハメ担の存在を表に出そうとしたってパターン」

「おそらく違いますよ。そんな動きはないです」

「うん。おそらく私もそうじゃないと思う。でね、そんなときにさっきの男たちの口から《くらもちさんに怒られる》って名前が出たのよ。ハメ担にいる職員と同じ名字なの」

「偶然でしょう」

「そうなんだろうと思うんだけど、なにかひっかかるのよね。ちなみにあの虹色スマイルって、誰が立ちあげたの？」

訊くと、清史郎は「えーと」と考え込んでから口を開く。

「それが、よくわからないんですよね。いつの間にか大きくなっていて。あれ、一部のメディアとも、からんでますからねえ」

「そうなの？」

礼香は驚いた。

「ええ。例えば事前に、政府批判のニュースの内容を流しておいて、ＷＥＢのニュースサイトにあがった瞬間、一斉にツイートするんです。そうすればトレンドにあがるでしょう」

そんな政治的に偏った団体と、メディアが懇意でいいのだろうか。

「それは問題じゃないの？」

「問題でしょうけど、メディアも必死ですからねえ。政権批判できるネタを毎日探してるし。ネタを持ってるなら、ネタ元が活動家でもなんでもＯＫって感じで」

「なんか健全じゃないわねえ」

その話はよく聞くが、ここまで露骨だとは思わなかった。

「でもお互い様ですよね。与党にもハメ担なんてあるし……それに帝国連絡会なんて巨大な利権団体もある」

「それって噂じゃないの？　単なる保守系シンクタンクなんでしょう？」

帝国連絡会は悪の巣窟だと、ネットでいろいろ書かれているのは知っている。

与党の多くの議員がその団体にいるからだ。

「いや、僕は中に潜入したことがあるんで、間違いないです」

「潜入？　ホント？」

「ホントです。帝国連絡会は、大畑前首相をもう一回担いで、甘い汁を吸おうとしてますからねえ。大畑さんはいろいろあるんですけど、教祖みたいに崇拝する人も多いんで……ああ、そうだ」

清史郎は一段と声をひそめた。

「今度の選挙で、与党分裂なんて話も出てますから……」

「えー、まさか」

「ホントです。大畑前首相が、工藤幹事長と完全に決裂しましたから。この秋は各々の派閥が、バチバチです」

「はあ、見てる分には面白いけど」

タクシーが、六本木の大洋テレビについた。

「降りるわね。あなたは乗って、そのまま議員会館に戻って」

彼をこれ以上巻き込むのは悪い気がした。倉持が関わっているかどうかはまるでわからないけど、誰が敵で味方なのか、ちょっとわからなくなってる。

しかし、清史郎は首を横に振った。

「ここまできたら……毒を食らわば皿までですよ。僕も被害者なんですからね。最後まで見届ける権利はあります」

彼がきっぱり言った。

「なんだか、いつの間にか頼もしくなったじゃないの」

「これでも二期目ですからねえ。それに、若いときにずいぶんと礼香さんに鍛えられましたから」

そういえば、同郷のよしみで年齢も近いから、居酒屋でいろいろアドバイスをしてあげたことを思い出す。

「わかったわ」

ふたりでタクシーを降りる。

大洋テレビの社屋は、かなり立派だ。

しかも当然ながら入り口のセキュリティチェックは厳しかった。

もう深夜だが、さすがにテレビ局は人通りが多い。

セキュリティゲート前にいる警備の人間に、内閣の人間と仁進党の政治家と名乗ると、ギョッとしてすぐにスタッフを呼びにいった。

やってきたのは、スーツをかっちりきた年配の男性だ。

「報道局次長の熊川《くまかわ》と言います。あの、こちらに……」

熊川と名乗った男は、こっそりと手招きした。

玄関のすぐ脇の会議室に三人で入る。

狭いブースだ。礼香と清史郎は、小さな机を挟んだ向こう側に座るように言われる。

熊川がため息をついた。

「今日は仁科さんだけだと、うかがってたんです。まずいですよ、政府の人間や政治家が、こんなところに来たら……」

かなり迷惑そうだ。

「緊急事態なんで、すみません」

礼香の言葉に、熊川は「はあ……まったくもう」とわかりやすくまた、ため息をついた。

「今、仁科さんを呼んできますから、どうぞこちらでお待ちください」

熊川が出ていったときだ。

礼香は急に下腹部の違和感を覚えた。まずい、と鞄からハンカチを出す。

「あ、あの……清史郎くん、向こうむいて」

「え?」

清史郎がきょとんとしている。

礼香は顔を赤らめつつ、小声でささやいた。

「……出てきちゃったのよ、奥にあった、あなたのが……」

清史郎は首をかしげていたが、すぐに「あっ」と言って慌てて背中を向けた。

礼香はタイトスカートの中に手を差し入れ、パンティを下ろして膣内をハンカチで拭う。

「す、すみませんでした。僕、責任取ります」

清史郎が、背を向けたまま言った。

「いいわよ、クスリを飲むし……それに……責任なんていいの。私も、その……そんなにイヤじゃなかったから」

「え？」

清史郎が振り向こうとしたので、礼香は背中を叩いた。

「絶対にいけないことだと思ってる。脅されて仕方なくハニトラをあなたに仕掛けたんだけど。それでも、あなたと、したことは私、後悔してないから……いいわ。こっちを向いても」

彼がこちらを向いた。

複雑な表情だった。

「礼香さん」

彼はそれだけを言って、押し黙った。

言ってもしょうがないのに、言ってしまったという悔いはある。

それでも、言いたかった。

「あの……僕……」

彼が口を開こうとしたそのとき、コンコンとドアがノックされた。

ドアが開いて、いつもの飄々とした仁科が入ってくる。

「どうしたんですか？　礼香さん、なにか……」

隣に座る清史郎を見て、仁科はギョッと驚いた顔をした。

清史郎も仁科を見て、目を細めている。

「あれ？　あんた、たしか……」

仁科を指差し、清史郎は眉をひそめる。

記憶を辿っているようだ。

「清史郎くん、仁科くんを知ってるの？」

礼香が尋ねたときだ。

仁科がジャケットのポケットから何かを取り出したと思ったら、白い煙に包まれた。

何かが大きく爆発した。

耳がキーンとして、白い煙で何も見えなくなる。

（えっ、ちょっと、何？）

煙の中で、人が倒れる音がした。

何が起こった？

呆然としている中で、誰かに手を引かれる。

清史郎だった。

「礼香さん、行きますよ！」

わからぬまま、礼香は手を引かれて入り口に行く。

倒れているのは仁科だ。

「えっ？　な、何？」

ドアを開けると、白い煙が玄関に充満した。

火災報知器が鳴り、悲鳴があがる。

「火事だ！」

誰かが叫んだ。

まわりがみんな逃げようと、セキュリティゲートに殺到する。

清史郎も礼香の手を引いて、走ってゲートから出た。

「ちょっと！　何が起こったの？　なんなの？」

「思い出したんです。あいつ、右翼の活動家です。以前、帝国連絡会に潜入したと言ったでしょう？　そこにいたんです」

「え？」

「帝国連絡会は、大畑信者ばかりです。つまりですね。大畑首相復活を狙っているから、敵対する工藤幹事長と富川首相の息の根をとめようとしてるんですよ。礼香さんの話を総合すると、ハメ担を表に出して現政権をつぶそうとしているのは、あいつだと思います」

それでもまだ意味がわからない。ハメ担に所属しているのに、ハメ担をつぶしたい？

（ああ！）

そうか。

ハメ担を表に出せば、そんな汚い手を使ったのかと、富川総理や工藤幹事長に相当なダメージを与えられる。もちろん親政党自身も大ダメージだが、それでも秋の選挙のイニシアチブは大畑元総理の派閥がとるだろう。

でも、それならなんで、こんなまわりくどいことをしているのか。

祥子や美穂、それに自分も狙われる意味がわからない。

「わからないことだらけだわ」

「でも、とにかくあいつは危険です。いつもあんな煙幕みたいなの持ってるんですから。いまだ活動家なんですよ」

深夜の六本木ならタクシーも捕まえられる。

一台を止めて、後部座席に慌てて乗り込んだときだ。

ドアが閉まる前に、仁科が滑り込んできた。

「え？」

礼香と清史郎は抗うのをやめた。

仁科が、拳銃を持っていたからだ。

「お客さん、そんな乱暴に乗り込まないでも、わっ！」

運転席のドアが開き、誰かがタクシー運転手を外に放り出した。代わりに運転席に乗ってきたのは、倉持だった。

倉持が運転して、クルマをスタートさせる。

「すみませんねえ。このまま行きたいところがあるんですが、いいですか？」

仁科はそう言って、不敵に笑った。

3

「うう……」

礼香は両手首をロープできつく縛られ、倉庫の天井から吊り下げられた鎖によって、バンザイした状態で拘束されている。

目の前にはラフな格好をした若い男たち。そして倉持、仁科がいる。

そして祥子と美穂と清史郎、それに小倉は、みなロープで身体を巻かれ、口をガムテープで塞がれたまま床に転がされている。

（ああ……どうしてこんな……）

礼香は唇を噛みしめたまま、太ももをよじらせる。

床には脱がされたスーツとブラウス、それに引きちぎられた純白のパンティとブラジャーが落ちている。

つまりは生まれたままの素っ裸に剝かれ、男たちの目にさらされたまま、吊されているのだ。

これほどの恥ずかしさは感じたこともなく、礼香はさすがに勝ち気な美貌を羞恥で赤らめて、うつむくことしかできないでいた。

「いやあ、改めて見てもすごい身体ですねえ」

仁科が舐めるような視線で見つめてきた。

「Ｆカップでしたか、おっぱいはツンと上向いてるし、腰はくびれて美しいカーブだ。お尻もムチッとして大きいし……陰毛の手入れも、腋の下の処理もキレイだなあ。非の打ちどころのない熟れきった身体ですよ」

「くうう……い、いやっ……」

全身を仁科に寸評されて、思わず悲鳴を漏らす。

見ず知らずの男たちに見せられているのも恥ずかしいが、同僚たちに裸を見られているのが何よりもつらい。

「どうするつもりなのよ、私たちを」

礼香は恥辱をこらえ、気丈に仁科を睨みつける。

その後ろにビデオカメラを構えている男が見えて、礼香は唾を呑み込んだ。三脚のついたテレビ局で使うようなプロ仕様である。それ以外にも男たちが、スマホやデジカメをこちらに向けている。

生まれたままの恥ずかしい姿を撮影されているのだと思うと、生きた心地もしない。腋に熱い汗がにじんでいく。

「礼香さんと、美穂さん、祥子さんには中東あたりにバカンスに行ってもらいます。まあバカンスと行っても、輸出品としてなんですが」

「輸出……？　な、何を言ってるの？」

まったく意味がわからなかった。

輸出品？

私が？

背後に人の気配を感じた。不自由な格好のまま首をよじる。笑みを浮かべた倉持が見えた。

「長い間、ハメ担をやってきましたけどね。最後の最後に、これほど美しいハニトラスパイが出てくるとはねえ。実に惜しいですよ。この美貌にこの身体だったら、どんなカタブツな男も落とせるのに」

倉持は言いながら、いきなり礼香の裸の尻をムニュッとつかんできた。

「あッ、いやッ!」

礼香はビクンと爪先立ちの裸身を揺らす。

首を振ると、漆黒の艶髪が乱れて倉持の鼻をくすぐった。

「いい匂いですねえ、礼香さん。仁科くんがうらやましかったなあ。私も早くご相伴にあずかりたいとずっと思ってたんですよ。このおっぱいもお尻もね……」

倉持の手がゆるゆるとヒップを撫でてくる。

量感や張りをたしかめるような、いやらしい手つきだ。

「くううっ、き、汚い手で触らないでっ」

「何を今さら。もう旦那以外の何人もの男に抱かれたでしょうが」

背後から、今度は乳房を揉まれた。

「ううっ……や、やめてッ、ただではすまないわよ」

「ほう、この状況でよくそんな強気の言葉が吐けますねえ。さすがに官邸に逆らった美人官僚だ。気の強さも、ハメ担の歴代トップクラスですよ」

倉持は、ヒヒッと笑いながら、乳首をキュッとつまんできた。

「あんッ！」

いきなりの刺激に、玲子の身体が大きくそった。

若い男たちが「うほっ」と、うれしそうに叫んだのが見えた。

仁科が英語でテレビカメラに語りかける。

「ぜひ高値で買い取ってください」と、そんな言葉が聞こえてきた。

（高値……まさか私たちを売る気なの？）

強張った表情で仁科を見つめる。

彼はいつも通りの飄々とした風体で、裸で吊られている礼香の前に立った。

「これも必要悪です。日本復興のために犠牲になってくださいね」

「何を言ってるの。どういうつもりなの」

仁科はクックッと笑った。

「秋の選挙で、大畑元首相が復活するんですが、邪魔なのは工藤幹事長や富川総理だ。だから、大ダメージを喰らわせるために《現政権はハニートラップを使って、政権に邪魔な人間を排除してきた》というシナリオを書いたんです。メディアにも根まわしずみです」

仁科は続ける。

「ハメ担が表に出たら、政権だけでなく親政党も大ダメージだ。だけどそれを救うのが元首相なんです。あのカリスマ性なら、再び日本をよくしてくれる」

目が据わっている。

いつもの仁科ではなかった。

いや、右翼の活動家が本来の姿だとしたら、今見ているのが、本当の仁科なんだろう。

「貝原さんは仲間に入ると思いました。でも断った。だから腹いせにリークしたフリをして、記事を表に出したんです」

仁科は続ける。

「吉田は大畑さんを非難したから、JK役の祥子さんにハメさせた。香奈子夫人は元々僕の仲間です。女性が欲しいと言うから、美穂さんをあてがってあげただけ。平林さんは僕の昔を知ってるんで、つぶしとかないとなあと思ったんですが、まさか礼香さんとこんなに仲がいいなんてねえ。これは予想外でした。これでいろいろバレちゃった。後始末が大変ですよ」

一気に喋ったのが疲れたか、仁科は「ふう」とため息をついた。

聞いていたらなんのことはない。

ひとりのカルト信者が、親政党内部の勢力争いのために、ハメ担を使ったというワケか。ようやくわかってきた。

仁科が首をこきこき鳴らしながら言う。

「いろいろ大変だったんですよ。仕事を忘れたフリして、礼香さんがどこの場所にいるか確認したり。虹色スマイルのふたりに拉致るように言ったら、礼香さんをつまみ食いしようとするし……」

「そんな面倒なことしないで、ハメ担を記事にさせれば、それで終わりの話じゃなかったの？」

問うと仁科は「うーん」と唸った。

「いえね、もうひとつ。さっき言った輸出のことがあるんでね」

「だからそれは何なのよ」

「簡単です。ハメ担のお三方は、元首相が返り咲いたときの、国外のお土産にさせてもらいますね。朝貢外交って下品だけど効くんですよ」

朝貢外交とは、何らかの見返りを期待して、他国の機嫌をとるような外交の姿勢を揶揄した言葉だ。

貢ぎ物にされるですって？

「本気なの……？」

「もちろん本気ですよ。ちなみにこれから三人を性調教にかけて、それを動画に撮ってパーケッジします。いわばプロモーションビデオですよ。どこの国の外交官が高く買うかなあ。僕の予想は中東あたりだと思うんです。日本人女性は人気ですからね」

仁科はヒップを手のひらでピタピタと叩いてきた。

「ウフフ。高値がつくように、この色っぽいお尻を振って、たっぷりとアピールしてくださいね」

仁科はそう言うと礼香から離れ、倉持が代わりに近づいてきた。

4

「ククッ、せっかくだから楽しみましょうや。どうせ逃げられないんだ」

倉持がニヤニヤ笑って、手を伸ばしてきた。

両手で乳房を揉まれ、さらには乳首に吸いつかれる。

「くううっ、や、やめてっ……」

嫌がろうとしたが、カメラがある。

(撮られたくなんかないっ)

ならば、せめて反応しないと心に決めて、無言でうつむいた。

「おやあ。いいんですよ、声を出しても」

倉持がチュッ、チュッと乳首を吸いたくる。

(くうう、き、気持ち悪いっ)

ハゲ頭のおっさんに、身体をまさぐられるのは何よりも恥辱だ。

だが礼香は奥歯を嚙みしめる。

ただの人形になろうと心に決める。

その反応に、倉持は禿げあがった頭を叩きながら、ニヤリと笑う。

「いやあ、やはり素晴らしいですよ。ここまできて、絶対に堕ちるところを見せまいとするプライド。美しいですなあ。少し趣向を変えましょうか」

倉持は背後にまわり、礼香にぴたりと寄り添った。

「な、何をする気なの……」

「フフ。反応しないなら、しなくても結構。代わりに礼香さんのおま×こやお尻の穴の具合を、たっぷり撮影してあげますわ」

「なっ！」

デジタルカメラを持った若い男が下半身に寄ってくる。倉持は背後から、礼香の片脚を持ってそのまま持ちあげはじめる。

「や、やめて……」

さすがの気丈な礼香も、わなわなと震えた。

「むめめぇ！」

「ウウッ！」

美穂や祥子がガムテープで口を塞がれたまま、叫んでいる。清史郎は転がされたまま、顔を背けている。

小倉は……。

食い入るように礼香を見て勃起している。あいつは助けないでおこう。

礼香の片足を持ったまま、倉持は笑う。

「フフフ、内部もしっかりと撮影してあげますよ。ビラビラも媚肉もねえ」

「くうう、いやあ!」

ついに大きく脚を広げられた。

こんな破廉恥な行為は、夫にも、そしてハニトラのときにも許したことがない。

礼香は真っ赤になって、顔を打ち振った。

吊られた鎖がギシギシと音を立てる。身体を揺らすと、バンザイさせられた両手に痛みが走る。

「おやおや、いい反応をしはりますなあ」

背後から非道な倉持の声がする。

カメラはサーモンピンクの粘膜の広がりを、ばっちりと撮影しているはずだ。

「ほお。とても子どもを産んだとは思えませんねえ。色も形もキレイなものだ。

さあて、次は後ろの穴だ」

倉持は、デジタルカメラの画面を見ながらほくそ笑んでいる。

「やめて、もうやめてっ」

礼香が叫ぶ。

「ううう！」

清史郎がくぐもった声を出すと、若い男が清史郎を蹴った。

「あ、そいつら、僕の仲間の活動家ですから。気をつけてくださいね」

仁科が言う。

まいった。

大ピンチではないか。

5

片脚立ちで吊られるのがつらかった。

その格好でお尻の穴まで撮影されるなんて、気が遠くなるほどの恥辱だ。

さすがにクールな表情などできずに、礼香は不自由な身体を揺らして抗いを試みる。

しかし両手を括られた縄は頑丈で、ほどける気配すらない。

倉持は礼香の片足を左手で持ちあげつつ、右手で尻を撫でまわす。

「へへへ、いい尻ですねえ。いつも見てましたよ、この大きなお尻をねえ」

今度はキュッと盛りあがった尻たぶに、カメラが近づいていく。

倉持は礼香の尻たぼをつかみ、ぐっと広げた。

「いやああ！」

「ほほ、いいぞ。美人は尻の穴もキレイやねえ」

その言葉に、どこを撮影しているか、いやでも思い知らされる。

「いやあああ！　お願いっ、撮らないでっ」

至近距離から排泄穴を観察される恥ずかしさに、礼香は身体を震わせる。

「そんなに恥ずかしいんですかねえ、排泄の穴を見られるのは……おちょぼ口が開いたり閉じたりしてますよ」

「あああ……」

もっとも恥ずかしい場所が外気にさらされて、それだけで失神しそうになる。

「へへっ、動かないでくださいよ、礼香さん」

倉持が言いつつ、排泄の穴に指を押しつけてきた。

「い、いや、そんなところ、触らないでっ」

ヒップを揺らして逃げようとするが、

「おっと。ここは傷つきやすい場所ですから、動かないでと言ったはずです」

その言葉に礼香は息を呑む。

「ここを使ったことは？」

倉持が恥ずかしい質問をしてくる。

その間にも、ゆるゆると後ろの穴を指で揉み込まれる。

あまりのおぞましさに、背筋に冷たいものが走る。

「く、うう……」

礼香は身をよじり、髪を振りたくった。

「ないようですな。しかし、海外ではアナルファック好きが多いんですよ。少しは開発しておかないと」

「ウウッ、後ろの穴なんかで……へ、ヘンタイッ……もうやめて」

「せやかて……仕方ないんですよ」

倉持は指で円を描くように、執拗に肛門を揉み込んでくる。

（ああん、なんてしつこいの……）

まるで肛門のシワを引き延ばすように、丹念にじっくりと愛撫される。

恥ずかしさに身体が火照り、汗が噴き出した。

「おっ、感じてきてはるやないですか。硬かった尻穴が、とろけてきましたよ」

「バカなことを言わないでっ」

礼香は叫んだ。

どこの世界にお尻の穴を愛撫されて、悦ぶ人間がいるというのか。

だが先ほどから身体が熱くなっているのもたしかだった。

「バカなことなんて……ホントですよ、ほら」

「あ、な、何を……ああっ、いやっ！」

礼香のヒップが強張った。

すぼまりの中心部を、倉持の指が押しはじめてきたからだ。

「ううっ、だ、だめっ」

礼香は狼狽えつつ、括約筋に力を込めて指の侵入を防ごうとする。

しかし、執拗な愛撫で痺れきったアヌスは力が入らなかった。

「ああーッ」

礼香は思わずのけぞった。

普段は排泄する穴に、男の指が入ってくる。

「くうう……」

抵抗しようにも、怖くて抵抗できなかった。

傷つけられたらという恐怖心が頭をよぎったからだった。

「ククク、ほうら、やっぱりお尻の穴がかなり熱くなってる。指がとろけそうですよ」

言いながら、倉持は穴に入れた指をまわしてくる。

「うう、やめて、ああ、イヤッ！」

お尻の穴を指でまさぐられる異様なほどの気持ちの悪さに、礼香はもう狂わんばかりだった。吊られた裸身は脂汗で照り光り、片脚立ちのまま、ぶるぶると全身を痙攣させてしまう。

「フフ、やはり三十二歳の人妻の熟れた身体は素晴らしいですね。もうお尻の穴のよさがわかってきたようだ」

「ううっ、そんなこと……」

否定しながらも、お尻の穴は熱くなるばかりだ。

おぞましいのに身体の芯が疼いているのを、礼香は否定できなかった。

「フフ、そうですかねえ。おい、前をいじってあげな」

倉持が、カメラを持った若い男に命令する。

男は礼香の前にまわり、しゃがみながら花弁を撮影しつつ、指でじっくりとまさぐりはじめた。

「ああーッ!」

悲痛な声を漏らし、礼香はクンッと顎をあげる。

お尻の穴と女の園をふたりの男に同時に責められて、たまらない羞恥がこみあげると同時に、下腹部は熱くただれて妖しい疼きが生じてくる。

(い、いけないわ……)

礼香はかぶりを振った。

(お願い、もうやめて……いやっ、ああ……)

清史郎たちが見ている前で、排泄穴をいじくられて感じている姿など見せたくない。

だが、必死にガマンしようと思うのに、恥部からは熱い蜜がにじみ出てくるのが自分でもわかった。

(ううう、どうして……ッ)

卑劣な男たちに変態行為をされ、感じてしまう自分が恥ずかしかった。

おそらくだ。

仁科に性感を開発され、さらには数時間前に清史郎と交わった悦びが、身体の中に残っているのだろう。

（こ、このままでは……）

続けざま、お尻の穴で感じるようにされてしまったなら、もう自分は元に戻れないのではないだろうか。どうにかして正気を保ちたいと思うのだが、男たちの責めは容赦がなかった。

「すげえ濡れてますよ。初めての尻穴でこんなに感じる女は珍しいです」

興奮気味に若い男が言う。

「フフ、そうでしょう。礼香さん、やはりあなたは最高傑作ですよ。高く売れるでしょうなあ」

倉持が背後からうなじにキスをしてきた。

だが、もう礼香には抗う力もなかった。

尻奥まで指を入れられて、ゆるゆるとまさぐられ続けているのだ。じれったいほどの快楽責めに、早くラクになりたいとすら思えてくる。

「倉持さん。礼香さんの調教はもういいんじゃないですか？　まだおふたりが残ってますので……」

仁科が言いながら、美穂と祥子を見た。

ふたりは潤んだ目をして、こちらを見つめている。期待しているようような目つきだった。

(な、なにを欲しがっているのよ、あなたたち、もうっ……)

憤慨しながらも、自分も尻穴で感じてしまったので、同じようなものだと思った。

倉持は指を抜くと、礼香の前にまわってきた。

「ま、まだ何か……」

「フフ、最後におまけですよ」

倉持はそう言うと、ベルトを外しはじめるのだった。

6

ズボンとパンツを下ろした倉持は、勃起したペニスを礼香の太ももに当ててきた。

「これは記念ですよ。あなたとどうしても一発やりたかったんでねえ」

倉持は興奮気味に言いつつ、礼香の片脚をまた、持ちあげた。

「うっ……」

再び片脚立ちにされて、吊られた両手が痛む。

「ま、待って……」

礼香は汗ばんだ顔で、倉持を見つめた。

「待って。もう逃げないから……普通にして……両手が痛くて……」

倉持が仁科を見る。

仁科はうんうんと小さく頷いた。

「格闘技を習っていて強くとも、さすがに男五人は無理でしょう。いいですよ。外してあげてください」

ようやく戒めが解かれた。

床に押し倒されて、両脚を広げられた。正常位で犯されるらしい。

倉持は興奮しながら、切っ先をワレ目に押しつけてきた。

「フフ、いきますよ」

礼香は顔をそむけて、下腹部に力を入れた。

硬い剛直が膣奥まで入ってくる。

「へ、へへっ……」

倉持が笑った。

カメラを持った若い男も、撮影しながら笑っている。

そのときだった。

「ウッ！」

倉持が真っ青になって、慌ててペニスを抜いた。

礼香を犯したはずの倉持の分身の先が、赤く染まっている。

「うっ、うわぁぁぁ！」

倉持はペニスを押さえて、もんどりうった。

赤い血が、どくどくと指の間から流れてくる。

誰もがその光景を呆然と見ていた。

「え？　処女？」

若い男が的外れなことを言った。

違う。

例のレイプ防止グッズだ。

少し前に大洋テレビの会議室にいたときだ。精液を拭いつつ、また襲われないとも限らないので、膣奥に埋めておいたのだ。

(危なかった。もう少し指を奥に入れられてたら、バレてた)

他の人間たちがわけもわからず呆然と見ている中、礼香は若い男のカメラを奪い、それで男の頭を殴った。

「ぐわっ!」

男が頭を抑えて、床に倒れた。

「な、なんなんだ? とにかく捕まえろっ」

仁科が叫んだ。

礼香は裸のまま、清史郎が縛られているところにいって、彼の口に貼ってあったガムテープを取った。

「ぷはっ、な、何が起こったんです?」

「なんでもいいから。とにかくやっつけて」

縄をほどこうと思ったが、さすがにそんな時間はなかった。清史郎は足を使って起きあがると、向かってきた若い男にタックルした。

礼香はもうひとりの男が捕まえようとしたのをすり抜けて、出口に向かう。

内鍵を開けたときだった。

「キャッ！」

タイミングよく、外から人が飛び込んできて、礼香はものの見事にひっくり返った。

「桜川さん、大丈夫ですか？」

長身の美女が駆け寄ってきていた。

上条静香だ。

「え、どうして？」

訊くと、静香は、

「GPS見ておいてくれって言ったじゃないですか。そしたら、港区の倉庫の中にずっといるからおかしいなって……んで、公安の同僚に相談したら、ハメ担におかしな動きがあるから、ずっと見張ってたって……」

「へ？」

なんだ。

祥子が言ってたのは、これだったのかと拍子抜けした。

公安は知っていたというわけか……。

「よし、捕まえろ！」

スーツ姿のいかつい男たちが、どかどかと入ってきた。

男たちは、倉持や仁科に片っ端から手錠をかけていく。どうやら公安の猛者らしい。

「あなたたちは公安警察？　僕らを捕まえるの？　公安風情が？」

仁科が手錠をかけられながらも、吠えていた。

その後ろで、倉持は下半身血だらけのままで男たちに連れられていった。もう少し慎重に挿入すれば、わずかな傷ですんだと思うが、いきなり奥までずっぽりと入れたのだ。大事な部分がかなり深く切れただろう。ちょっとだけ申しわけない気もしてきた。

礼香は慌てて脱がされた服で前を隠した。

仁科はまだ吠えている。

「なんの罪なの？　捕まえてもいいけど、あとで後悔するよ」

そのときだ。

ヤクザのような風体の男が、ポケットに手を入れたまま入ってきた。

7

「うるせえなあ、往生際がわりいぞ」

官房副長官の松木が入ってきた。

オールバックに黒スーツ。

ヤクザというより、今日はマフィアのような風体だ。

松木は仁科に対峙して、フンと鼻を鳴らした。

「まあ、おめえが言うように簡単には捕まえられんわなあ。どんな罪かもよくわからんし。やってることは単なる親政党の勢力争いだからなあ。実際の犯罪は拉致監禁、暴行ってところか？　それも立件は難しそうだろうしなあ」

「まあそうでしょうね」

仁科は得意げに笑った。

松木も笑う。

「だから、てめえを表に出ねえようにする」

「は？」

仁科の顔色が変わった。

「消すってわけですか？　この令和の時代に？　ハハッ。またマスコミに書かれますよ。昭和みたいにはいきませんからねえ」

「うるせえなあ」

松木がすごんだ。

「誰も消すなんて言ってねえだろ。だいたい、昭和からハメ担だけが残ってると思うなよ。永田町には隠れた闇がまだあるんだよ。マスコミも触れられねえ、やべえのがな。おい、連れてけ」

屈強な男たちが仁科を引きずっていく。

どんな闇があるかは訊くのはやめよう。

もうこりごりだ。

松木は礼香を見るなり「おっ」と言って、ニヤニヤしながら近寄ってきた。

「すげえ身体してんだなあ。おまえはやっぱりハメ担が天職だよ」

思いっきり失礼なことを言われた。

礼香は前を隠したまま、睨みつける。

「……公安とつるんでたって、松木さん、ホントはいろいろ知ってたんじゃないですか。私たちを泳がせてたんですか?」

「まあな。元総理を担ぎたいっていう不穏な動きがあって、ハメ担が関わってるってのはわかったんだ。ただ、ハメ担の内部の人間が黒幕とは知らなかった。迂闊だったなあ」

「私たちが危ない目にあうまで、捕まえようとしなかったんですね」

「さすがに、そこまで腐っちゃいねえよ」

松木がじろっと睨んできた。

「仁科と倉持が首謀者だとわかっていたら、速攻捕まえてたさ。たとえ元総理の応援団だとしても、今、俺たちが仕えてるのは富川総理だからな」

吐き捨てるように言う。

「あんな汚い組織の方を、取るってわけですか」

思い切って言うと、今度は松木が鼻で笑った。

「政治にキレイも汚えもねえよ、全部ゴミくずだよ。特に政治家なんて、まともなやつはひとりもいねえさ」

驚いた。

松木の口から、そんな言葉が出ると思ってなかったからだ。

「クリーンな政治家なんか誰もいねえって……ああ、あの子はまだ染まってねえな。染まるなよお、親政党入党なんかやめとけ」

縄をほどいてもらって腰をさすっていた清史郎は、小さく頭を下げた。

松木は礼香を真っ直ぐに見てきた。

「実はなあ。おめえが官邸に逆らったのは内心スッとしてたんだ」

えッ、と礼香は驚いた。

「ええ？　じゃあなんで怒られたんですか？　私」

「本音はどんなときも隠しておくもんだ。俺だって、政治家にはムカついてんだよ。だけど、それを言ったら官僚じゃなくなる。でもな。とにかく元総理はだめだ。あの人が権力を持つと、まわりの人がいきない。やることがエグいからな。どっちのクソがまだマシかってところなんだよ、政治の世界はよう」

松木が面白くなさそうに言う。

初めて、本当の気持ちが聞けたような気がした。意外だった。

松木がまた、清史郎に向かって言った。

「おい、二回生さん。あんたは野党で政治をなんとかしてくれ」

「は、はあ」

清史郎が生返事をする。

松木は帰ろうとして「ああ」と思い出したように、USBを礼香に向かって投げてきた。

「おまえを強請ってたネタが入ってる」

「ありがとうございます」

「礼なんかいいよ、ああそれよりな……」

松木はまだ転がされている美穂と祥子を見た。

「ああ、そっちのお嬢ちゃんたちも言っとくぞ。ハメ担は一旦解散な。いろいろ悪かったな」

さらりと言って、松木は倉庫から出ていった。

縄をとかれた祥子と美穂が寄ってきた。ついでに小倉も寄ってきた。

「まいったわあ。解散だって」

「どうしよう、明日から」

「あ、それなら大丈夫ですよ」

静香が割って入ってきた。

「一応、みなさん公務員でしたから。再雇用も用意してくれますよ」

「あらホント？　でもこの仕事も楽しかったんだけどなあ」

祥子がうーんと伸びをした。たしかにろくでもない仕事だったけど、この子たちと仕事をしてるのだけは楽しかったと思い、礼香も笑う。

「あねきはどうするんですか？」

美穂が訊いてきた。

「私？　私はやりたいことがあるの」

「そうなんですか？」

清史郎が訊いてきた。

「さっきから気になってんだけど、この可愛いの誰？」

祥子が訊いてきた。

「仁進党のホープを知らないの？　まったく不勉強で……」

美穂と祥子の罵り合いがはじまった。

この日常も今日が最後と思うと、ちょっとだけ寂しい気がする。

エピローグ

倉庫を出ると、すでに朝日が昇りかけていた。

美穂と祥子、そして小倉の三人は、神田の事務所に行くと言う。

「私はいったん家に戻るわ。旦那が心配してるだろうし……」

タクシーに乗って三人が去ると、残されたのは清史郎とふたりだけになった。

「倉持さんにやったやつ、エグかったですねえ。なんですか、あれ」

清史郎が、しかめっ面をして訊いてきた。

「……レイプ防止グッズよ。無理に性器を押し込んできたら、先が切れるのよ」

「聞いてるだけで痛くなりますよ。まったく油断も隙もない。下手したら、僕ももしかして同じ目に……」

「そうかもね」

ふたりで笑った。

ふいに清史郎が真顔になった。

「やりたいことって、なんですか？」

「ああ、あれ？」

礼香は少し考えてから、清史郎に告げた。

「ハメ担のこととか、私、全部マスコミにバラそうかと思うの。あっ、もちろんあなたとのことは黙っておくから、それ以外ね」

「ええ？　いや無理ですよ。公安とかマスコミとかと政権は、もうズブズブの関係ってわかったでしょ。絶対にメディアは書きませんよ。おそらく仁進党も追及しないし」

「だからね、この中の動画……私がハニトラしたヤツとか、全部公表しようと思うのよ。それなら一社くらい書くでしょう」

清史郎は目を丸くしている。

「そんなことしたら、マスコミの餌食ですよ。おもしろおかしく書かれるに決まってます」

「うん。だから、旦那には全部話して先に別れるつもり」

彼は驚いた顔をする。

だが、すぐに笑った。

「僕との情事も表に出してください。野党の若手ホープもハニトラにかかったって書いたら、少しはインパクトがありそうです」

「いいの？」

「いいですよ。それで、少しでも政治が動くなら……ンッ」

礼香はキスをした。

軽く唇を合わせただけのキス。

「じゃあ、使わせてもらうわ」

「ええ……どうぞ。じゃあ、僕も行きますね」

朝靄の中、一台のタクシーが通ったので、清史郎は手をあげた。

「がんばって。偉くなってね」

タクシーの中の清史郎に言うと、大きく頷いた。

（さあてと……私も……）

しばらくするとタクシーがやってきた。

それに乗り、自宅マンションに戻る。

玄関に入るなり、いい匂いがした。キッチンに行くと、夫が朝ご飯をつくっていた。

「おっ、お帰り。お疲れさん」

夫はいつもどおり、ニコニコと笑っている。

「あのね……仕事なんだけど、なしになっちゃった」

告白すると、彼は笑った。

「いいんじゃない？　あのさ、俺……ママを信じてるからさ。何があっても、あちちッ」

ガタッと大きな音がした。覗いてみると、フライパンを焦がしたらしい。

「ちょっとお」

「ごめんごめん。だめだなあ、俺……ママがいないとだめみたいなんだよなあ」

なんだか夫にはすべて見透かされている気がした。

夫がいてくれたら、まだ戦える気がする。

＊この作品は、書き下ろしです。また、文中に登場する団体、個人、
行為などは実在のものとはいっさい関係ありません。

二見文庫

内閣〈色仕掛け《ハニートラップ》〉担当局

2021年10月25日　初版発行

著者　桜《さくら》井《い》真《ま》琴《こと》

発行所　株式会社 二見書房
東京都千代田区神田三崎町2-18-11
電話 03(3515)2311［営業］
03(3515)2313［編集］
振替 00170-4-2639

印刷　株式会社 堀内印刷所
製本　株式会社 村上製本所

ISBN978-4-576-21155-8
https://www.futami.co.jp/

二見文庫の既刊本

灰色の病棟

SAKURAI,Makoto
桜井真琴

野崎は警察を辞め、現在は闇の事件解決業をやっている。ある日、K病院の女医が相談にやってきた。病院で彼女の姉や同僚の女性が次々と失踪しているという。そこで、野崎は入院患者として潜入。さっそく看護師長と関係を持つと、一連の失踪の裏に院内のあるグループが関わっていることをつかむのだが……病院に渦巻くみだらな欲望を描いた書下し官能エンタメ！